全民微阅读系列

射中良心

余显斌 著

江西高校出版社

图书在版编目(CIP)数据

射中良心/余显斌著. —南昌：江西高校出版社，2017.9(2020.2重印)

(全民微阅读系列)

ISBN 978-7-5493-5869-4

Ⅰ.①射… Ⅱ.①余… Ⅲ.①小小说—小说集—中国—当代 Ⅳ.①I247.82

中国版本图书馆 CIP 数据核字(2017)第 215551 号

出版发行	江西高校出版社
社　　址	江西省南昌市洪都北大道96号
总编室电话	(0791)88504319
销售电话	(0791)88592590
网　　址	www.juacp.com
印　　刷	永清县晔盛亚胶印有限公司
经　　销	全国新华书店
开　　本	700mm×1000mm　1/16
印　　张	14
字　　数	180千字
版　　次	2017年10月第1版 2020年2月第2次印刷
书　　号	ISBN 978-7-5493-5869-4
定　　价	36.00元

赣版权登字-07-2017-1027

版权所有　侵权必究

图书若有印装问题，请随时向本社印制部(0791-88513257)退换

目录 / CONTENTS

凿碑高手　　/001

为了心中的佛　　/004

向敌人敬礼　　/006

爱吹牛的老石　　/008

薛十七　　/010

一个人的坚持　　/013

知音　　/016

射中良心　　/019

沉默的枪声　　/022

瓜棚　　/026

贼道　　/029

背叛　　/032

品茶高手　　/034

猎鹿绝技　　/037

最后一刀　　/040

教师的良心　　/043

微型偃月刀　　/045

无字的留言　　/047

铲除心灵的糖皮　　/050

出首　　/053

夺命的琴声　　/055

珍宝　　/058

球技　　/061

外婆坟　　/064

跟踪的影子　　/066

蝉蜕　　/068

尊重粮食　　/070

下套　　/072

她拍的只是粉笔灰　　/074

湖荡的鸟鸣　　/077

热情如花　　/080

生死战友　　/083

值钱的谎言　　/086

自梳女　　/089

妙方　　/092

喝醉的狗　　/094

告状　　/096

臭弹　　/098

消失的顾大刀　　/101

神药　　/104

半仙县令　　/106

长长的刘海　　/109

理发　　/112

忏悔　　/114

拯救猴子　　/117

村主任长根　　/120

职责　　/122

猎人与猎狗　　/125

救赎的通道　　/128

炒鱿鱼　　/130

莫子瞻逸事　　/133

寻找生命　　/137

青瓷赝品　　/139

小镇汤铺　　/142

小莲老师　　/146

永远的母爱　　/149

一个叫梅的女人　　/151

万民伞　　/154

笨拙的母爱　　/156

小瓜和尚　　/159

老王的秘密　　/162

羊儿的乳名　　/165

你若盛开,清香自来　　/167

小狗淘淘　/170

狐媚子　/173

夜晚的影子　/175

左雅的电话　/178

小城文人　/181

白合的百合茶　/184

美女周小艺　/186

不会变质的爱　/189

才能　/192

下钓　/194

我们的合唱队　/197

开花的义务　/200

月到中秋　/202

一双眼睛　/205

断臂　/207

潇洒　/210

国骂　/212

桥梁　/214

拯救老妈　/216

凿碑高手

他是个盲人,偏是个凿碑的高手。他长到九岁,刚认识几个字时,生了一场病,眼瞎了。他爹一声长叹,让他学别的手艺,好长大谋生,可他却不,说:只爱凿碑。因为凿碑是他家的祖业。

他初学凿碑,并不动手,而是坐在父亲身边听,一边问父亲凿的是什么字,走的是哪一笔。不久,一听锤声钎音,他就知道是什么字。父亲大惊,说,这小东西是凿碑的料。以后,便有意培养他。

十四岁上,他就精通了碑上凿字,而且篆、隶、楷、草无体不会,无体不精。到了十六岁,各种龙凤花纹,更是刻得栩栩如生。一日,他在石上刻了一串葡萄,颗颗晶莹,他爹摸着胡茬看,突然发现上面停了一只纤黑的小虫,挡住了视线,就伸手去打,虫并不飞走。再仔细看,原来石色不纯,上有一黑点,他就顺手刻了一只小虫。

他爹哈哈一乐,道,我老了,老了。语音中,有一份苍凉,还有一份欣慰。

他凿碑有讲究,尤其对墓碑,上面轻易不凿龙。他说,龙是神,是一个民族的神圣所在,不能随便凿在墓碑上。凿在好人墓碑上,龙能生色,否则,玷污了神灵。

话虽如此,他一生却仍然破过两次例。

一年,丰川大旱,十室九空,省府王督军父亲死去。王督军来了,一辆小车接走了他,要求他凿一块墓碑,碑上有字,且必须有

一龙环绕。

他微微一笑,一杯茶后,开始凿碑,字用隶书,笔笔端庄,让满城书法家见了赞叹不已。待凿龙时,更是让内行人见了个个鼓掌。可惜,龙无二目。

督军忙来请,道:"先生,务请为龙凿上双眼。"

他仍不慌不忙,拿起锤和钎,第一锤下去就偏了准头,砸在左手大拇指上,鲜血淋漓。

他摇头,苦笑:"督军大人,看样子给龙凿眼尚需一段时日,待伤好后再干。"

可是,死人入墓,已在眼前,总不能来一个无碑墓吧。督军急了,苦苦恳求。他一笑道:"看样子,只能用双脚掌钎了,不过价钱可不一样。"

"多少,尽管说。"督军道。

"粮食十五万担。"他掐着长长的手指算着道。

"你!"督军跳起来,红了脸。

"督军大人,我一粒不要,请你拿来救济丰川百姓,也算督军大人的功德啊。"一句话让督军松了口气,连连点头。碑凿好,他准备回去,督军道:"先生就跟着粮车一块儿回去吧,也让丰川百姓知道先生的一番好意。"

他笑,推辞:"这是督军大人的德政,与我何干?我不敢掠人之美。"说完,一揖而去,飘然江湖。

第二次破例,已是十几年后。

一日,有人请他凿碑,上有"樱花之子"四字,并以双龙护碑。他默坐了一会儿,道:"给谁凿?"

"你只管凿,管是谁。"来人很干脆。

"我不接不明来路的活儿。"他冷冷摇头。

"告诉你,这是皇军小野二郎少将。将军战死沙场,临终遗言,要葬在他征服过的土地上,要用他征服过的民族的图腾来服侍他。"来人说,声音如剑,透着寒气。

他沉默了一会儿,道:"是大官,少于五万块银圆,想也别想。"

来人愣了一下,接着哈哈大笑:"钱能通神,果然不错。"第二天,银圆送来,他分文不取,发给镇民,可当夜"当啷啷"又被大家扔了回来,落了一屋。

他一声长叹,带几个人,上了后山,一心扑在打理石料上。

经过半个月又挖又炸,用了日军五六百斤炸药。终于在后山寻到了两块上等石料。他笑笑,很满意地说:"一块做碑座,一块做碑。"

然后把巨石运回来,一个人关起门来雕琢石料,绝不许人参观。一个多月后,石碑凿成。碑文以钟鼓文雕琢,双龙盘旋,腾龙欲去。最让日军惊叹的是碑座,巨大的石鼓形,上有嵌碑的榫口,四龙盘旋。石鼓四边,云牙海水,樱花灿烂。

日军司令见了,拍拍他的肩,连夸"大大地好""大大地好"。他抚须微笑,无言回家。

小野二郎骨灰下葬时,最隆重的仪式是立碑,几十个日兵将基座抬到墓前放好,然后又抬起巨大的石碑,向基座榫口插去。日军司令带领日军,在墓前列队致敬。

石碑落下,"轰"的一声,震天巨响,基座石碑粉碎,日军顿时血肉横飞。原来,他所要的炸药,除用了一小部分外,其余全部藏在挖空的基座里。

日军气势汹汹。围了他的家,破门而入,里面空无一人。

以后丰川人再没有看见他。

为了心中的佛

他是一个和尚,却不诵经不礼佛。每天,他望着佛寺发呆。

师父长叹道:"你望什么?"他回答:"好美啊。"说着,指指古雅的佛寺,佛寺的飞檐翘角,在蓝天白云和大山的衬托下,别有一种美的感觉。

在寺庙里,他做了十五年僧人,没记住几句经文,可是,所绘的各种亭台楼阁、湖泊假山的图纸,却挂满禅房。他人虽在寺庙里,名声却早已飞到了外面的世界。

在他二十二岁那年的一个早晨,一队人马进了寺庙,带着皇帝的圣旨,对着和尚们宣读:皇贵妃仙逝,圣上心痛欲绝,发誓要修一座天下最美的陵寝。然后,口传圣谕,让他下山,设计建造。

于是,他随着大队人马下山。

耳边,是师父的声音:"你下山一定凶多吉少,要解此灾,唯有一法。"

"何法?"他问。

"装疯,可躲一厄。"师父数着念珠。

他摇头,叩别师父,走出殿门。

几天后,他拿着自己的图纸去拜见皇帝,细细述说着自己的设计规划。皇帝眉开眼笑,眼光发亮,当即授予他二品官职,并让他负起建造陵寝事宜。

"贫僧可负责建造陵寝,但不愿为官。"他推辞。

"不愿为官?"显然,皇帝不理解。

"不可能!"所有官员都瞪大眼睛,不相信自己的耳朵。

他掸掸僧袍,笑了,缓缓退下,依然粗衣布衲,走向了施工场,亲自监造。有时也与工人一块儿搬料、扛木头。

十年过去了,整整十年,一个青春年少的和尚如今已步入中年。由于长期的劳力,由于艰难的调度和运作,他的鬓角,已见星星白发。

十年艰辛,十年血汗,一件绝世的艺术品出现在人们眼前。

一座高大的、金碧辉煌的建筑矗立在蓝天下,红墙如胭脂,让人晕眩。

皇帝见后,感动得泪水直涌,喃喃道:"比我想象中的还要美,爱妃,它只配你住。"

第二天,皇帝召他上殿。所有的大臣都十分羡慕,知道这个和尚发达了,而只有他仍静静地,微笑着站在宫殿上。

"来啊,把他的右手砍了。"皇帝吩咐卫士。

他微笑着,伸出右手,好像一点儿也不意外,连皇帝也惊奇,问:"你怎么不问为什么?"

"早已知道,何必再问。"他淡淡地回答。

"知道什么?"皇帝惊讶。

"你怕贫僧再为别人设计,所以如此。"他仍波澜不惊。

他的右手被剁下。他并没有离开,而是在陵寝周边徘徊观望,同时,在陵寝对面不远的山上,挖了一个洞。洞挖完不久,皇帝又让卫士带他上殿。他依然青衣布衲,飘飘而来,对着皇帝微微一笑:"我一切皆了,可以死了。"

"你怎么知道朕要处死你?"皇帝睁大了血红的眼睛。

"我手虽断,可思想仍在,你怕我为别人设计更好的建筑。"

他说。

受刑那天,他提出要见师父。师父来了,须发斑白,一如十多年前一样,摸着他的头顶道:"你既知道难逃一厄,为何还要下山?"

他微笑,仍如少年时,望着远处殿阁楼台道:"为了心中一个美丽的梦。"死后,按他的要求,一部分骨灰葬在他挖的洞里,和自己的设计遥遥相对;另一部分被师父带回了山上。圆寂前,师父指着骨灰罐,告诉身边其他的弟子:"把他的骨灰放在我的塔中,因为他是一个真正的佛家弟子,在他的心中有一尊不变的佛,那就是美。"

向敌人敬礼

他是一名神枪手,一支枪,百发百中,是军中出名的枪王。他的枪弹,从未虚发。

有一次,将军命令:你的任务就是埋伏在暗处,监视着阅兵广场,严防敌人破坏。记住,据内线报告,敌人的那名神枪手就潜伏在城里。

他听后,脸上的肌肉不自觉地一动。对于那个家伙,他太熟悉了,那是一个有着鹰一样的眼睛、熊一般身躯的家伙。曾经,他们相遇过,都同时躲避对方,又同时射击,又在同一时间受伤。这是他狙击生涯的耻辱。

他找了一个三面是砖墙,另一面面对广场的地方,用破席子做好伪装,然后藏在里面,悄悄地用望远镜观察起四周的动静,开始履行一个狙击手的职责。

他,在冰冷的观察中等待,等待着另一个狙击手,一个给他带来过耻辱的狙击手。

进城仪式正在紧张地进行,旗帜招展,鼓角齐鸣,口号声如雷贯耳,正在向广场这边行进。他能想象得到,将军正骑在马上,向人群招手致意。

他的汗流了下来,到现在,他还没有发现那个人的影子,那个有着鹰一样眼睛的人。他转动着望远镜,手心都是汗。他怕,怕就在这一刻,敌人的枪会打破宁静,先发制人。

突然,他的望远镜停住了,在他的视线里,一个潜伏的黑影,熊一般壮实的人,正隐藏在广场右角一个残破的角落里,身上盖了一些稻草,伪装得很好。如果不是那人也在拿着望远镜观察,是很难被发现的。

同一时间,他发现,对方的望远镜也对准了自己。他心里一惊,忙抓起枪。对方,也在这一刻抓起了枪。

可是,双方的枪都没有响:在他们的瞄准镜之间,同时晃动着一个人,一个五六岁的孩子,正举着气球,笑着,跑着,把所有的幸福和稚气,都抛洒到阳光中、空气中。

谁先动手,谁就会抢得先机,就可能让另一个人从此失去还手的机会。可是,首先,得打倒那个孩子。

但,双方的枪都在这一刻为一个花朵般美丽的生命沉默了。

孩子终于被一个妇女拉走,他本能地一个翻滚,躲避着,对面并没有枪声。他抬起头,再望过去,那边,早已没有了那位狙击手的影子。他飞快地跑下高塔,冲向对面,来到那个人埋伏的地方。在那儿,他看到除了一地揉碎的烟末之外,什么也没有。

那人显然在矛盾中挣扎了很久,然后,见自己已经暴露,不得不停止了这次暗杀行动。

他知道,那人本来是有机会的,只需一枪打倒小孩,再迅速地发射第二枪,一切都可解决,可那人没有。

对着那块空地,他默默地举起手,默默地,行了个庄重的军礼,说:"兄弟,你是个真正的军人,哥们儿佩服你。"

爱吹牛的老石

老石是我们单位的看门人,那时候已经七十多岁了,腰板倒挺硬朗,一看就是一个干过力气活的,而且很积极,每天天不亮就起床。

我们问,老石,咋起得这么早?他怎么说?哎,干哪一行务哪一行,千万不能耽搁了工作啊。那口吻,好像他干的是件多了不起的工作似的,不就是看门吗?还工作呢。私下里,我们说他假积极。

除了假积极,他就爱吹牛。

他说什么来着,他说在解放战争的时候,他在战场上捉住了一位国民党的军长。

听听,军长哪!是那么好捉的么?是河里的鳖么,你想捉就捉得到么?老石硬是把牛吹死了,吹得我们捂着肚皮笑,连我们的科长都笑出了泪,他还不停嘴,还以为我们在欣赏他的故事呢。其实,我们是讽刺的笑,如未庄的人笑阿Q一样笑他。那傻老头,他还不知道呢。

他说,他在战场上捉了一个伙夫,却怎么看怎么也不像伙夫。伙夫有那么胖吗?伙夫的脸有那么白净吗?伙夫的手有那么细腻吗?他连提三个"吗",一本正经的样子,想吸引住我们的注意力。果然,有效果,我们不笑了,聚拢到他身边,认真起来。

他说:"你究竟是什么人?"那人说:"我是个伙夫,解放军同志。"

他说:"你个家伙,不老实。好,到连部去说个清楚。"

于是,他说,他就押着那个家伙,向连部走去。到连部,那家伙也说是伙夫。连长对他做完宣传工作,正准备放人时,师长下来检查工作,路过此地,顺便进来看看,一眼就认出了那人,原来,他们是一个军校出来的同学。

说完,他很满意地准备小结一下,说:"就这样,我一个人活捉……"可"军长"二字还没说出来,就被一个嘴溜的小伙子接了过去,说"一个老石",刚好凑成一句话。大家一听,又哈哈大笑,十分快活。老石呢,受了别人耍笑,用手摸摸胡须,笑笑,又忙他的去了。

老石在早晨,也进行操练,而且一招一式,有板有眼。我们站在旁边看,稀稀拉拉的,虽有掌声,但明显地,带着调侃的意味。

老石知道我会几招,问我他练得怎么样。

我笑笑说:"银样镴枪头,好看不中用。"老石不说话,只低着头,一个劲地抽烟。说真的,到现在,我都后悔,我自己练的那几招其实是"高粱秆扎枪——摆设儿",又怎么能评论老石的呢。

老石最终被我们单位开除,也和他自己的毛病有关。

一天早晨,老石起得很早,就看到一个人影鬼鬼祟祟地往外走,老石大喊一声,据看到的人说,很有些气壮山河的味道。那人

就慌张地往外跑。老石一个扫堂腿,那人立马趴下。在一片喝彩声中,老石揪起那人,却又松了手,还扶起那人,扶到门房,给那人洗洗涮涮,完了,送点钱,放走了。

老石说:"那是我认识的一个乡下朋友,进城打工被骗,没了路费。哎,人要有办法,谁愿做贼?"

这还得了,这不是吃单位的饭,砸单位的碗吗?全单位的人一致通过,开除这个"里通外国"的老家伙。

于是,老石就带着他的被子走了,到哪儿去了,不是我们管的事,我们也管不了,也不想管。

不久,市里召开一次学习先进人物的表彰大会,在电视里。宣传的是我们市里一位退休的老首长,在一次回家乡探亲后,就积极投身到家乡的捐款助学活动上。为了能多捐款,他竟给一些单位看门,到处拾垃圾,加上自己的工资,十年下来,捐款几十万。

接着,镜头特写:呵,你猜是谁?那首长,就是老石!

大家说,邪乎了,现在还有这样的人?打死我,我也不相信。一定是为了宣传,拉个老石做样子。

大家想到老石那熊样,想笑,一时却又没有了笑的兴趣,只是"嘿嘿"两声,散了。

薛十七

薛十七是地痞。他有一杆枪,而且枪法贼准。

一日,镇长的公子在街上横冲直撞,一街的人都纷纷回避,薛十七偏不,迎面往前撞。

镇长公子恼了,骂:"狗东西,瞎了眼!"说着,举起巴掌就打。巴掌刚举起,只听"啪"的一声枪响,镇长公子右手中指断为两截,鲜血淋漓,鬼哭狼嚎,一路跑了回去。

薛十七眯着眼,嘬着嘴,吹去枪口上袅袅的烟,哼了一声,也走了。

当夜,县里的保安团来到镇上,声称薛十七是土匪,要捉拿归案。薛十七闻风而逃,躲了起来。保丁们没找着人,一把火烧了薛十七的家。

没了家的薛十七,无路可走,上了僧道关,占山为王。

日军打来时,薛十七已经有三百多支枪,占据僧道关,大块吃肉,大碗喝酒,好不快活。

一日,有国军官员上山,想收编僧道关的弟兄,"当委员长老子也不干,滚滚滚!"薛十七一挥手,赶走了国军收编人员。

一日,又有一人来到僧道关,谈收编事宜,是日本人。

薛十七拿起茶碗,轻轻抿一口茶,一笑:"有仇无仇,是我们自己家里的事,与外人无关!"一句话,说得日军特使的脸红一阵白一阵,停了一会儿,日军特使语含威胁地说:"大当家的与国民政府不共戴天,又不归附皇军,只怕这僧道关难以支撑得住啊。"

"大不了是个死。投降了小日本,老子死后都无脸见祖先。"薛十七一句话,堵死了大门,日军特使悻悻而退。

至于和日军干起来,是在这三个月之后的一天。日军一队人马从僧道关下一道关口经过,被薛十七的部下挡住,要留下买路钱。日军指挥官山田大怒,皇军在中国土地上,什么时候给过钱。要钱没有,要挨子弹,多的是。

于是,双方一攻一守,开始了枪战。僧道关壁立千仞,不是想

攻就攻得下的，日军司令部电报打来，频频催促山田联队，赶快去会合，可山田就是过不了山口，无奈，派人谈判，要多少买路钱。

薛十七哈哈大笑，多少？回去告诉山田，钱堆起来得和这僧道关一样高。说完拊掌大笑，僧道关的兄弟们都哈哈大笑，得意非常。

那特使脸色铁青，走了。

日军决心端掉僧道关。

山田指挥大队人马，炮兵在前，步兵在后，如临大敌，一阵大炮轰击，然后是步兵进攻。可薛十七偏不按常规打法，他把兄弟们分散在山上的角角落落里，零打碎敲地射击日军，让日军损失很大，而自己一点伤亡都没有。

山田一咬牙，步兵硬攻，用人海战术耗光他。

战斗进行到第五天，薛十七招来兄弟们，说："看样子是不行了，山田这次是势在必得，兄弟们还是突围吧。"安排好后，他自己却不走。让兄弟们留下一杆枪一箱子子弹，独自在山上阻击。

"当家的，要活一起活，要死一起死！"兄弟们不走，一齐叫道。

"我还没死呢你们就敢违令，谁违令，老子毙了他。"说完，抽出枪，一个个扫视，然后一摆头，吼道，"快滚！"

兄弟们一个个垂头丧气地走了，薛十七抹了一下眼睛，扛了一箱子子弹来到最陡峭的铁门崖上，仗一杆枪，独自守在那。

薛十七的枪法那个准啊，据说只这一次，就打死打伤了一百多个日军。

薛十七并没有战死，最终被活捉，送到了山田面前，山田围着薛十七转，冷冷地笑。

薛十七也笑，很得意。

"薛君,你知道吗?你是俘虏。"山田吼。

"山田,你知道吗?老子一杆枪喝了一百多个鬼子的血,够本。"

"你跪下,归依皇军,我可以饶你一命。"山田鼓起了眼睛,望着薛十七。

"你给我跪下,老子随你处置。"薛十七哈哈大笑。

山田一挥手,让把薛十七双手双脚绑上,拴在高杆上。那时,正是六月的天,大太阳毒毒地晒着,一连六天六夜,薛十七不住口地骂着东洋人,骂山田祖宗十八代。

到了第七天,薛十七不骂了。山田走过去一看,只见薛十七肌肉隆起,双眼怒睁,举拳踢腿,恶狠狠地向他扑过来。

山田一惊,出一身冷汗,连连后退,良久,不见动静,走过去一摸,薛十七早没了气息。

一个人的坚持

我17岁时,他19岁。那时,我们是同学,是学校闻名的"两支笔"。

我21岁,他23岁,我们师范毕业,成了小镇同一所学校的教师。

在小镇,我遇见了自己心仪的女孩,含羞带娇,似一朵天然的百合花,开放在临水的一个商铺里,经营着一家小店。于是,教学之余,我就会钻进小店,经营起自己的爱情,也经营起小店的生

意。他呢,依然初衷不改,喜好文学。白天教书,晚上写作,稿子一篇篇发出,文章一篇篇见报,成了县里有名的文人。

生活,不会总是直线,有时,也会弯曲。

不久,他调走了,一床被子,一箱书籍,到了一个偏僻的山里学校任教。那地方,我去过一次,是一个很闭塞的地方,白屋粉墙,"只堪图画不堪行"。他仍然教书,写文章,游山玩水,过着古代文人笔下的田园生活,从来不去经营自己的人际关系。

我,依然在小镇经营着自己的小店,自己的日子。

他再调回来时,已经是几年后了。回到小镇,他依然是一箱书,后面,是他的妻子,一个眉眼如画的少妇。他没有多大改变,唯一变化的,是鼻梁上多了一副眼镜,身上的书卷气更浓了一些。而我,领着一份教师薪水的同时,还拥有一个不小的商店。

我们后来的分别,则是由于市重点中学的招聘。

市重点中学,离我们学校二百多里。既然是重点中学,毫无疑问,无论是资源还是教师福利,都远远优于普通中学。

教师不是圣人,我不是,他也不是。我们都加入到应聘的队伍中。

当时,他信心十足:他是市里有名的文化人,又是市政协委员。应聘被招,非他莫属。

大家也都这样想。但是,结果却出乎意料:我们同去的几个人都应聘成功了,而他,却落聘了。

他很沮丧,也很惭愧,一直到第二年招聘,为鼓励他再次应聘,我才揭穿了谜底:"现在的招聘,谁看才? 都是看'财'。"我把财字咬得很重,提醒他。

他听了,愣了一会儿,然后坚决拒绝了我的建议:"人,总得有个道德底线。做教师的都这样,怎样面对学生?"我苦笑,十几年过去了,他仍是校园里当年那个青葱的青年;而我,已成熟老辣得连我都不认识自己了。

生活,总是这样,让人无奈地改变,又让人反躬自省,难以心安。

带高三的那年,学校之间的竞争十分激烈。一天,学校领导找来我,特意告诉我:上学年,他在普中带三,带得很好。他的班上,除一部分考上大学外,还有一部分成绩不错的复读生。

今年,他担当着复读生的班主任。

领导的意图,明显不过——把那些复读生挖过来。

我虽觉得这样做不地道,但也无奈,还是去了。

以我的鬼精明,挖他的墙脚,还不是易如反掌。几天暗地里活动,他的学生中,有很大一部分都答应跟我走。大家大概都觉得不好意思和他说吧,商量的结果是先走,然后再给他打电话,告诉实情。

走的时候,是个雨天,我特意雇来一辆公交车。

我们准备走时,他来了,打一把伞,来送行。

一切,都在他眼底。

我站在那儿,红着脸,很惭愧。

学生们也低着头。

他笑笑,很豁达,说:"去吧,如果你们觉得这样对你们的发展有利,就去吧。不过,无论走到哪儿,都要注意身体,好好学习,不要让我失望。"

他的眼圈红了,孩子们的眼圈也红了。

然后,他走近我,拍拍我的肩:"孩子都交给你了,一路注意啊!"

车子走了好远,回过头来,看见他仍立在细雨中,静静地、孤

独地、落寞地、倔强地站着。

有个学生说:"我们的老师真可怜!"一句话,车里响起了一片啜泣声。那一刻,我的眼圈也红了,为他,为我,也为了孩子的话。

知　音

雪很大,夜很静。一把火,从他房后烧起,一眨眼间,席卷了整个茅屋。他跑出来,只带了一把二胡。

他没有回头,即使回头,也看不见什么,因为他是瞎子。风吹来,浑身很冷。在风里,他一步步走着,最终,变成一粒黑点,消失在天边。

从此,他漂流异乡。

陪伴他的,是一把破旧的二胡,小镇、村庄,一路行来。二胡声,在他走过的地方流泻,如一声声低低的诉说,细细的,蛛丝一样。

夜里,他歇宿在破庙里的草堆后,静静地坐着,一双盲眼一动不动,望着虚空。手指颤动,一缕月光水色,从琴弦上淌出,闪着波纹,扩散着,荡漾着。

他边走边要一点剩饭,或者两个冷馒头。

一般的,他只吃一半,另一半放在自己寄宿的地方,草堆旁,或者是破庙里。第二天走时,留在那儿。

大家都说,这个失明人,穷讲究,不吃隔夜东西。

他也不说什么,摇头叹息。要饭时,仍多要些,拿回寄宿的地方,剩下一些,放在那儿。有时,要少了,他不吃,把要来的东西都放那儿。

这日,一个雪天,他头晕眼花,倒了下去。醒来时,一个女孩的声音清脆地响起:"醒了,你终于醒了!"

他点头,慢慢地坐起来,很是感激。无物感谢,就拿起二胡,闭着眼,手指颤动,一支乐曲婉约流淌。

曲子停止了,一切都静静的。

过了很久,女孩醒悟过来,赞叹:"你的二胡拉得真好啊!我去告诉师父,你就跟着我们杂技团吧。"说完,女孩一阵风似的跑了。

不一会儿,女孩进来了,坐下。

他一笑,道:"不收失明人吧?"是啊,一个杂技团要一个拉破二胡的失明人干啥啊?

"你别急,我再求求师娘。"女孩说。

他笑笑,在女孩离开后悄悄走了,一步一步,走向流浪的远方。二胡音仍如水,随风流淌,时间也在二胡声中流淌。

他在乞讨和流浪中,慢慢老去。

一日,在一个破庙里,他摸到有个人睡在那儿,奄奄一息。显然是饿的。他忙拿出讨来的馒头,喂他吃下。两个冷馒头下肚,那人有了力气,坐了起来。那夜,没有旁人,只他俩。他坐在神案前,手指轻弹,两滴乐音溅下,闪着晶亮的光。然后,二胡音悠扬,在静静的夜空响起,一会儿如一缕花香,拂过人心;一会儿如一丝轻风,飘荡如纱。

那人静静地听着,末了,哑着嗓子一声长叹:"是《月夜鸟鸣》吧,真是人间一绝!"

他笑笑,眨眨已盲的眼睛,和衣躺下,道:"睡吧,明天还要讨饭呢。"

那人也睡下。

以后,他拉二胡挣点小钱,养活两个人,因为那人也是失明人。夜里,坐在破庙里,他拉二胡,那人听。在奔波中,一天一天,他走向生命的尽头。那天,他吐了几口血,靠在一个草堆旁,对那人说:"你不是想得到《松风流水》的乐谱吗?今天,我给你拉。"

"你——怎么知道?"那人惊问。

"你是失明人,你的右手食指有弦痕,是拉二胡的。在这个世界上,能欣赏我二胡的,只有两人,一个是个女孩,另一个是我的弟子。"他道,脸上有一丝温馨。

"师父!"那人跪下,流着泪喊,不再哑着嗓子。

他点头,微微一笑:"你多次向我讨要《松风流水》的乐谱。又悄悄放火烧了我的茅屋,不就是想逼我带着乐谱逃走,你好在中途偷取吗?唉,世间最好的乐谱不在纸上,在心中。这些年,你跟在后面,我知道。没说破,是想让你跟着吃苦,时间长了,就能领会了我当年的话了。"

"你留下饭菜,也是给我的?"那人哽咽着问。

"你脸皮薄,不讨要,会饿死的。"他仍一脸平静。

说完,二胡声流出,始如蚊痕,继如流水,最后,如一地灿烂春光。

音乐声越来越低,流入地下,渺无音痕。

二胡落下,他也倒下。

"你知道是我,为什么不恨我啊?"那人抱着他,号啕大哭。

"你是我的弟子,我的……知……音……"他说着,带着一丝笑,咽了气。

那人跪下，恭敬地叩下头去，然后，拿起二胡。月夜里，二胡声如水，波光闪闪，流泻一地。

射中良心

漫川在万山丛杂中，是个小镇。小镇东边，是一座山峰，山腰上有一带粉墙黛瓦，也有钟声传来。

这儿，有一座寺庙，叫南岩寺。

那时，是个乱世，土匪时时出没，不只是抢民家，抢官府，也抢寺庙。南岩寺也受到过土匪们的光顾，一次，土匪们没抢到东西，很扫兴，一把火将南岩寺点将起来，如不是和尚们救得快，偌大一寺，只怕已经夷为平地了。

南岩寺方丈空禅师迫切地感到，寺里应组织一批僧人，练武自保。

和尚不缺，可缺教练。

空禅师决定，向外面聘请教练。

一日，有一个汉子上门，一脸胡子，背着个斗笠，进门一作揖，自我介绍叫龙海，十八般武艺样样精通，尤其祖传箭术，百步穿杨，百发百中。

空禅师让茶，然后数着念珠，半天问道："你知道张一刀吗？"

龙海点点头，张一刀谁不知道？他是此地几百里方圆的有名大盗，仗一柄刀，领一群土匪打家劫舍，这家伙特别射得一手好箭，说射你左眼，绝不射右眼。只是，很少有人见到他本来面目，

他抢劫时,总是以黑巾遮面。

最近,张一刀不知怎么的,看中了南岩寺,想占这地方,落草为王。所以,就给空禅师来了一封信,让空禅师交出寺院,不然,就血洗寺院。

这也是空禅师组织僧人,聘请教练的原因。

空禅师说出张一刀的名字,关键是为了点醒龙海,你估量一下,看你的能耐有张一刀厉害没有,如果没有,趁早算了,别枉自送了性命。龙海大概也看出禅师的不信任,笑了笑,拿过一个僧人手中的枣木棍,舞得风车一般,呼呼地转,然后,让两个僧人朝他身上泼水,结果,身上没有一点水星,唯有鞋上湿了一点。

龙海一笑,说,是吗?再仔细看看。

大家听了,近前一看,原来是鞋子上面破了个小洞。大家不由得鼓掌叫好。

但是,空禅师仍皱着眉:张一刀的箭法太高明了,空禅师仍怕龙海对付不了。

龙海撇撇嘴,不屑一顾道:"你放心,有我在这儿,张一刀不来便罢,来了,我只要一箭,让他从此不再说话。"龙海不这样说还罢,这样一说,空禅师更是大摇其头,不想聘用他。

正在此时,只见空中一只鹰飞过,追赶着一只飞鸟,不一会儿抓住了,空中羽毛纷飞,惨叫声声。龙海一笑,抽一支箭,搭上弓,扯圆了,喊一声"着",在众人惊叫声中,两只鸟儿一起落下来,掉在空禅师面前。空禅师见了,连声念阿弥陀佛,道:"一箭两命,罪过啊罪过。"

原来,空禅师怪龙海杀生。

如果不是其他和尚纷纷求情,当时,空禅师就会让龙海下山。最终,看在大家求情的面子上,空禅师才勉强留下他。谁知,那天下午,龙海的箭就派上了用场。

下午,突听一声呼哨,一支土匪冲到庙外,一个个举着刀枪,杀气腾腾的,放出话,让庙里交出财物,不然,一把火烧了南岩寺。龙海听了,高兴了,毕竟英雄有了用武之地啊。他拿刀挟弓冲了出来,一抬眼间,看到一只苍蝇落在当头那个土匪头子的鼻尖上。这个家伙挥动着手,赶了几次也没赶走。龙海一笑道:"别动,我给你赶。"当苍蝇再次落在那人鼻尖上时,龙海一侧身,拉弓放箭,喊声"着",一支箭贴着那人鼻尖飞过,那只苍蝇不见了。

那群土匪发一阵呆,叫了一声,一哄而散,跑了。

空禅师见了,走过来,连连宣着佛号道:"阿弥陀佛,居士,你过关了。"

龙海疑惑地望着他。

空禅师满眼慈祥道:"箭是死的,良心是活的,你没射他们,有佛心啊。"空禅师拉着他的手。然后,长叹一声:"人不是走投无路了,谁干这个啊?"

龙海呆呆地站在那儿,然后突然跪下,道:"大师,我——我就是张一刀啊。"

原来,张一刀给了空禅师信后,听说空禅师聘请教练,指导武僧,他马上想出一法,改名龙海,试图去当上教练,然后里应外合,夺下寺庙。当空禅师不想让他留下时,他想出一法,即捎信让手下人来冲击寺庙,然后自己作为一个保护者出现,这样一来,还怕空禅师不留他?

他当然不能射自己的兄弟,而是灵机一动,射中苍蝇。他却没想到,空禅师用一番慈悲语言,却射中了他的良心。

不久,他解散了手下,只身来到南岩寺出家,拜在空禅师座下,佛号智藏。

沉默的枪声

这座坚城,已基本被摧毁。

但是,苏联军民仍在英勇抵抗,凭借着每一堵墙,每一条街道,或者每一条交通壕,在英勇地抗击着法西斯德军。

十五岁的莫卡沙,也是其中的一员。

他是一个民兵,拿着一杆枪,躲在一座摇摇欲坠的楼房里,和他的战友们,已在这儿坚持了三天三夜。现在,战友们都倒下了,只剩下他,对,还有他的小狗:卡卡。

卡卡很小,简直可以放在一个包里装下,它已经跟他一块儿在阵地上坚持了三天三夜。

卡卡并不叫,睁着黑亮的眼睛,望着莫卡沙。他打一枪,换一个窗口,它就摇着尾巴,跟在后面,换一个窗口,蹲在那儿。当然,没有了子弹,莫卡沙打一个手势,一会儿,卡卡就会叼来一个子弹袋,跌跌撞撞地送到莫卡沙跟前。

莫卡沙拍拍卡卡的头,赞一声:"卡卡,真勇敢。"卡卡会骄傲地摆摆尾。

激烈的战斗结束后,莫卡沙坐下来,肚皮"咕咕"地叫,已经一天没吃东西了,一点儿力气也没有了。他想,这样下去,不说打仗,饿都会把人饿倒。

"卡卡!"莫卡沙喊,不见卡卡的影子。

"卡卡!"莫卡沙又喊,声音里,带着颤抖:莫不是卡卡被德军子弹打着了。莫卡沙的心里颤抖了一下,忙四处张望,不见卡卡的踪影。

或许,这小家伙禁不住饥饿,做了逃兵。他暗自宽慰自己。

过度的劳累,让他斜倚着墙壁,歪斜着脑袋,慢慢睡着了,正睡得香时,潜意识里感觉到自己裤腿被扯了一下,一惊,醒了。卡卡蹲在旁边,地上,放着一个军用干粮袋,打开,里面有面包,竟还有一截香肠。

"卡卡,好样的。"莫卡沙高兴地一把抓起卡卡,热烈地亲吻起来。

依靠卡卡的帮助,莫卡沙坚守到了第六天。

那天早晨,刚打退敌人的进攻,卡卡又如一位训练有素的战士,一跃而出,下了楼,跑到街道上,去寻找子弹,当然,还有食物。

就在这时,德军开始了炮击。"轰"一声,一发炮弹在街道炸开,硝烟弥漫,石块纷飞,卡卡一声叫,被淹没在烟尘中,没有了踪影。

莫卡沙呆住了,眼泪狂泻而出。

"卡卡——"他一声长嚎,扔了枪,跑下楼,冲上街道。一发又一发炮弹,在城里各处废墟上炸响,莫卡沙充耳不闻,到处乱钻乱找,一边喊着:"卡卡,卡卡!"直到一堵墙倒下,他失去知觉为止。

不知过了多长时间,他感到脸上一阵清凉,睁开了眼,卡卡蹲在他身边,正在用舌头舔他的脸颊,还有额头。

卡卡没有死,只是受了点伤。

但莫卡沙却不能动,他的一只腿被一块木板压住,上面,堆满了土和砖。幸亏这块木板支撑,否则,他早已被整堵砖墙压死了。

卡卡扯他的肩膀,把他往外拉,可不行,他的腿被紧紧地压

着，扯不出来，而且估计差不多断了，不能扯，一扯揪心地痛。

掀开那块木板吧，根本不可能，上面的东西太重了。

"不行，卡卡，我不能动。"莫卡沙苦笑，摇着头，对卡卡说。并且，给卡卡做手势，让它快走。卡卡懂了，不扯他了，一转身跑了。

莫卡沙一个人睡在那儿，心里充满了孤独与绝望。

可一会儿工夫，一个毛茸茸的雪球滚过来，是卡卡，不知从哪儿叼来一个军用干粮袋，放在莫卡沙面前，自己也蹲下来，不停地舔着莫卡沙的手，或者脸，一直到一队德军搜索过来。

德军搜索队围了过来，冲锋枪黑黑的枪口对准了莫卡沙和卡卡。

"不要杀掉卡卡，杀掉我吧。"莫卡沙喊道，尽管声音嘶哑，但是很坚定。德军显然听懂了他的话，都一齐望着卡卡。

卡卡对着德军，"汪汪"地叫着，然后转过头，舔舔莫卡沙的脸。再回过头，又对德军叫着，又回过头舔舔莫卡沙的脸。显然，这个小家伙也在求德军，放了自己的主人。

所有的德军，你望望我，我望望你。

一个德军对着莫卡沙，缓缓举起了枪，带队的上尉一声喊："鲁莫夫，你还是军人吗？他还是个孩子呢。"鲁莫夫停了手，望望四周，同伴一道道鄙夷的目光射向他，顿时让他红了脸，放下枪。

德军搜索队把莫卡沙救了出来，放在那儿，走了。

莫卡沙强撑着逃了出去，遇到一队红军，被送进了医院。伤不重，只是骨折，半年后出了医院，参加了前苏联红军，随着大部队，打到白俄罗斯，打到波兰，最终打到德国的柏林。

卡卡，紧紧地跟随着他，已成了一只矫健威猛的狗，在战场上，它经常帮战士们送弹药，送粮食，有时还侦察敌情。

一次，一队德军偷袭他们，还是卡卡发现的，及时大叫，才解救了他们。

战士们都很喜欢卡卡，称它为"英雄卡卡"。

攻打柏林，是莫卡沙从征以来最艰苦的一次攻坚，飞机轰鸣，炮弹如雨，每一堵墙后，甚至每一个窗子后，都有死神的影子。

莫卡沙随着他所在的部队，一路冲杀，在离总理府不远的一条街上，被挡住了。他们爬伏在墙后，或是楼窗后，甚至是房顶，向对面射击。

对面，枪声如雨，德军显然在做困兽之斗。

枪声中，突然，传来一个婴儿的哭声，在巷道中响起。莫卡沙循着声音望去，在小巷的侧边，有一堆废墟，婴儿的哭声从废墟中传出。

"上尉同志，废墟里有孩子。"莫卡沙急了，忙跑过去，向连长报告。

连长向他望望，又侧耳倾听了一下，一摊双手道："没办法，这就是战争，战争是不能讲仁慈的。"说完，挥挥手，让莫卡沙回到自己的位置上。

莫卡沙回到原来趴伏的地方，蹲下来，满脸通红。此时，他最担心飞机来轰炸，只要一发炮弹，一个小生命就可能永远消失。

卡卡偎在他旁边，显然，也听见了婴儿的哭声，它不停地耸着耳朵，显得焦躁不安。

婴儿的哭声，已经接近嘶哑，在每一个人的耳边回荡。

突然，一个白影一蹿，冲了出去。"卡卡——"莫卡沙喊，卡卡仿佛没有听到似的，径直向废墟冲去。猛地，它摔倒了，显然，在枪林弹雨中负了伤。但是，不一会儿，它又站起来，一瘸一拐地向废墟跑去。

"卡卡——"莫卡沙心口一热,再也不顾别的了,一闪身,冲向废墟。

一霎时,四周静极了,所有的枪声,在这一会儿都停了下来,在一种怕人的宁静中,莫卡沙随着卡卡冲进了废墟。由于有卡卡的帮忙,不一会儿,莫卡沙就找到了婴儿,这是一个才出生不久的男孩,被妈妈紧紧地抱着,可妈妈已经死了,胸部中了一弹。

莫卡沙默默地走过去,抱过婴儿,吻了一下,喊一声:"卡卡!"飞快地向回跑去,正在此时,他听到了飞机引擎声。卡卡跟在后面,一只后腿被子弹击断,跑得很慢,一跛一跛的,几乎像走一样。

莫卡沙刚刚回到原来的地方,一发炮弹落下,灼热的气浪中,他看到卡卡的身体飞上高空,如一片羽毛一样,然后,化为灰尘,什么也没有了。

"不,不——"他抱着头,号哭起来。

"卡卡——"所有的战士都一齐叫喊起来,一个个热泪盈眶。

当天,战斗结束,对面的部队没放一枪,全部投降,走出的德军队列前面,悬着一面白色的旗帜,上面写着"向卡卡致敬"。

瓜　棚

女人看瓜。瓜田不小。夏季的瓜叶,水一样漫过。一眼望去,绿乎乎的,没有边沿。风吹过,瓜叶翻转,于是,就出现了一个个小小的波浪,绿色的波浪。

虽然在夜里,女人仍看得清,那是西瓜。

今年气候好,瓜也好。

男人走后,女人日子过得惝惶,上有老下有小的。女人哭过,抹过了泪,承包下了这块沙地,种了瓜。春天的风一吹,瓜秧就一天天长大,一个个小瓜,就闪烁在瓜秧中。现在,瓜已经脑袋大了。

瓜圆,也绿。

瓜上蒙着一层灰色。

漫河的西瓜本就很甜,爽口,加上今年水分足,一刀剖开,红红的瓤子,黑色的瓜籽,湿漉漉的,馋人。

女人看人吃瓜,心中也渗着瓜汁儿,甜润润的。

女人卖瓜,但绝不缺斤少两:自己地里的东西,看那么紧干啥?甚至,村人干活路过口渴了,女人也会摘一个瓜,剖了让人尝尝。

男人离世后,村人没少照看自己。

本来,女人不想去看瓜的。可是,王姐却说,瓜妹子,不看,会有人偷的。

女人一笑,没人偷。

真的,在小村,女人已经当了五年媳妇。五年里,别说丢钱,针头线脑也没丢一个。王姐说,看着吧,宁可防其有,不可防其无啊。

婆婆也这样说,其他人也这样劝说。

于是,女人就来了。

反正没事,看看瓜也是蛮好的。

三根树杈一搭,茅草在上面一铺,一个瓜棚就成了。一个人有点冷清,女人请王姐作伴。王姐嘻嘻哈哈地来了。晚上,风很

轻,饱含着远处花草树木的清香吹来,嫩嫩的。月光如一片儿薄冰,银亮银亮地照着。

两个人做着针线,聊着闲话,叽叽嘎嘎的。

拉着一个灯泡,挂在棚顶,和月光一样明亮。

四边虫鸣,如一朵一朵的花儿,散散漫漫地开着。

王姐坐久了,脖子酸,要出去转转。可是,出去了一会儿,又赶魂儿一样跑了回来,结结巴巴道,有……有贼。女人抬起头,漫不经意地问,在哪儿?王姐白着眼说,哪儿?瓜田里啊。

她不信,摇摇头。王姐说,不信?去看看啊。

她放下鞋底,出去了。

王姐在后面跟着。

她脚步儿快,几步走到田边,咳嗽了一声。王姐一听,一惊问,看见人了吗?

她摇头,没有啊。

王姐不满地道,那……咳嗽什么啊?

她一笑,嗓子痒痒的,不行啊?

王姐也四处看着,瓜叶绿得如一片海子,在夜风里一波一波地翻动,有瓜隐约其间,在月光下捉迷藏一样。王姐揉揉眼,怪啊,明明有人啊。

怕女人不信,王姐轻声说,好像是朱根。

女人忙拦住,快别随便说呀,没有的事。

王姐不死心,指着那边道,当时就在那边。

王姐说着,走了过去。月光下,瓜地上隐隐约约有脚印。而且,有一处瓜蒂上无瓜,月光下还湿湿的。女人指着那瓜蒂说,就这啊?是我摘了的,今下午卖人了。

王姐嘀咕一句,我眼花了?

女人一笑道,怕是的。

两个人不说话,慢慢往回走。虫儿鸣叫着,是当地一种称为土狗子的,在近处叫,在远处叫,细细密密的,如一粒粒露珠,亮晶晶的,叫得人的心里一片白亮。夜,在月光的漂洗下,也细腻如纱。

第二天,朱根的门外放着几个瓜,用草儿盖着,是女人放的。

女人知道,昨晚瓜田确实有人。

那个瓜蒂,也确实是别人摘的。

那人,女人看到了,就是朱根。当时,她咳嗽一声,是给朱根报信,让他赶快离开的:朱根也不容易,床上瘫着一个老娘,想吃西瓜哩,钱又紧缺。她想,送几个让老人尝尝鲜吧。

第二天晚上,王姐没来。女人一个人坐在瓜棚里做针线,听到外面有动静,忙走出来,去了瓜田,瓜田里什么也没有。她踩着一地月光和虫鸣,再回来,棚内地上放着一沓钱。她疑惑地拿起来,下面写着:瓜钱。

她数数,一分不少。

女人拿着钱,望着棚外白光光的月光。

第二天,瓜棚拆了,女人不再去看瓜了。

贼　　道

那年,雪很大,雪花一片一片在空中飘。

王小义坐在炉火前,伸着双手烤火。突然"啪"的一声,飞进

一个纸蛋。

王小义知道,买卖来了。

王小义是偷,说白了,就是贼,身手很好,三十年来,没落过网。之所以如此,是他有一套周密的计划。王小义做贼,有踩探的,有销赃的。生意做成,三七分成。

没人担心王小义食言独吞,在贼界,王小义贼德很高,口碑甚好,从未发生此事。因而,谈起王小义,贼们都一翘手指,道:"王哥,高!"

这次送信人在信中详细地指出了银子所在地方,而且画了地图。当然,信中没有忘记告贼,自己那份,藏在月亮洞内,月明之夜,自己去拿。纸中,还包了一个玉饰,碧绿的玉鱼儿。信中特地嘱咐,偷了银子,把玉鱼儿放下。王小义不烤火了,也没心思坐了,出去了一趟。

天很阴,雪花那个大呀,一团一团落下来,砸在雪地上,"噗噗"直响,但王小义走过,地上没一点脚印。王小义出去了一趟,证实了信息的准确性。当夜,一身白衣,出了门。

银子整齐地码在那儿,一夜间,全转移了地方。当然,临走,王小义没忘记放下那个玉鱼儿。尽量满足同伙要求,是王小义另一贼道。

第二天,王小义起得很迟,见没啥动静,走到街上去遛遛。

城里,到处贴着告示。昨夜,县衙门所接受的救济捐款,和朝廷下拨的救济款,一文不留,被贼全部盗走。

"听说,那银子放在一处极秘密的地方,怎么可能?"有人议论。

"天哪,没有救济银子,几年大旱,没粮过冬,那还不把人全饿死。"又有人接口。

王小义心里一惊,很是后悔。正常情况下,他只偷富户,不偷穷家小户,没啥可偷;也不偷官府,惹不得,弄不好会掉头的。

王小义惶惶不安地回了家,坐不是,站不是。

下午,又有消息传出,贼已显了影踪:在藏银地方,发现了一个玉鱼儿,是县尉大人的饰品。县令一怒,捆了县尉,严刑拷打,不交银子,就交人命。

王小义听了,走到街上,随着看热闹的人流,涌向衙门。

衙门外,人满为患。县尉跪在堂上,满身刑具,浑身是血。县太爷坐在堂上,咳嗽一声,对着县尉道:"你一生清明,口碑甚好,为什么做这样为人不齿的事?"

下面,所有县民,议论纷纷,也纷纷点头。

县尉没说什么,转过身,对着县民们跪下,一下下叩头,然后泪流满面道:"乡亲们,我有罪,没搞好治安,让贼偷了大家的救命银子。但,我绝不是贼啊。"

县令笑了,一拍惊堂木,道:"你自夸清明,却如此卑鄙。来呀,大刑侍候。"一声令下,棍棒如雨,不一会儿,县尉晕倒地上。

县令一挥手,让人将县尉提下去。

一县百姓,也叹息着离开。

第二天,县尉又被提上大堂,不待动刑,他抬起头,道:"大人,你给我几天期限,我一定把银子追回来,分文不少。"

"好吧,把县尉大人的母亲接进县衙,县尉大人你免除了后顾之忧,好好捉贼吧。"说完,哈哈大笑。大家都明白,这是在扣人质,县尉是个大孝子啊。

时间一晃,到了月半,县尉依然一筹莫展。那夜,在狱中,空中飞下一个纸团,教他这一句话,而且保证,一定会找到啊,可是至今没有音讯。

正在长吁短叹时,又一个纸团飞下,落在他手上。

他拿起纸团,忙追出,外面,空空的,不见一人。

那夜,明月如盘,高挂天上。月亮洞,黑幽幽一片,阴森可怖。一个人影,鬼魅一般,闪进洞,火光一亮,照着洞内银子,分明不像是四成,倒像十成。

银旁,插一木牌,上写:贼亦有道,盗亦有德。

黑影一惊,转身欲逃。一声锣响,一群差役拥上来,围住蒙面人。当头是县尉,抓住蒙面人面巾,一扯,一惊:那人,竟是县令。

背　叛

将军派人下山去找粮。多少天了,我们断了五谷,只有吃皮带,吃草根了。总之,能吃的东西我们都吃了,除了石头和树木外。将军挠着后脑勺说,不行,得弄点粮食,不然的话,咋打仗?

王老蔫一听,扶着树干站起来,自告奋勇道,我去。

将军打量了一下他,问道,你去?

王老蔫点点头,告诉我们,他熟悉路,就像熟悉自己的手指。

我给将军眨了下眼,背过王老蔫,悄悄地告诉将军,这小子又胆小又怕吃苦,什么时候这么勇敢过?不可信。将军瞪大眼睛问,啥意思?

我叹口气说,打败之后,本来就有些人心不稳。

我绝不是危言耸听,最近一段时间,在敌人的穷追不舍和大雪封山的情况下,有一些软骨头的战士,受不了苦,带着枪悄悄地下山,投靠敌人,给我们带来了极大的危害。因此,我不得不小心,不得不提醒将军,尤其对于王老蔫这样的人,不可不防。

可是,将军最终没有接受我这个参谋长的建议,还是派出了王老蔫。现在,被打垮后,跟在将军身边的人也就十几个人了,他们都是外地人,对于当地情况很生疏。也只有王老蔫是这儿的人,路熟。

王老蔫接受任务,敬了个礼,走了。

按照约定,第二天早晨王老蔫得赶到这儿。可是,天亮了,太阳照亮了雪野,仍不见王老蔫回来。我很担心,告诉将军,得赶快转移,我怀疑王老蔫这家伙出了问题。

我分析,这小子路熟,不会出别的事,如果要出事,也一定是投敌。

将军摇着头说,再等一下。

将军自言自语,这个王老蔫,是不是让什么事耽搁了?

这一等,我们就等来了日军,一队黄乎乎的小鬼子,拿着枪向这边走来。当头一人,正是王老蔫。将军骂一声,软蛋,果然带着小鬼子来了。说完,暗令十几个人赶快趴下,藏身雪里,做好战斗准备。

我们趴在那儿,一动不动。

王老蔫渐走渐近,能看清他脸上的笑容了。这小子,很得意。

后边,跟着日军的小队长。

走到这儿,他站住了,一笑,告诉日军小队长,这儿是我们的一个窝点,不过,昨天将军和自己商定了,让自己运粮,不必来到这儿,直接送到虎头岭,天一亮他们就去取。说到这儿,他一笑道,自己不想干了,因此,跑到门头沟,遇见太君,就投奔过来了。

因此,他断定,将军现在在虎头岭。

日军小队长听了,一扬指挥刀,前进!

一队日军跟着王老蔫,吭哧吭哧踏着深雪,继续向前走去,一步步上了虎头岭。

不久,虎头岭上,传来王老蔫的喊声,小鬼子,去死吧。随着一声手榴弹轰隆隆的爆炸声,然后一切都没有了,四野静悄悄的。我们爬起来,望着虎头岭,一个个眼中涌出了泪水。

将军用手擦一把泪说,走,去门头沟。

在门头沟,我们在一处山洞里最终找到了一袋粮,渡过了难关。

多年后,我已两鬓斑白,再次回到这儿,打听王老蔫当年被捕的经过。当地人告诉我,说有人亲眼见到,王老蔫当时不是被捕的,确实是自己走出来自愿给日军带路的。当时,他扛着粮刚走到门头沟,发现一队日军悄悄向我们驻地方向摸去。他一惊,忙藏好粮,拍打着衣服走出来告诉日军,自己是抗联,刚刚从将军那儿逃出来的。

他说,他知道将军在哪儿,愿意带路立功。

于是,他带着日军径直走向虎头岭,走向自己生命的终点。

他和我同年,如果活到现在,也已经九十多岁了。

品茶高手

老王回到家,刚坐下,老婆就递上一杯茶,问:"咋样了?"

老王明知故问:"什么咋样了?"

老婆说:"那事,我们商量的事啊,你没问?"

老王皱皱眉,鼻子里哼了一声,想,女人真是的,头发长见识短,几天工夫,泡茶还得有个过程吧,何况品茶论道,何况交友。就懒懒地说:"以后再说吧。"说完,就睡了。第二天一早,早早起来,直奔"清风居"。

"清风居"在小城河边,门前几棵粗柳一抱,阴浓一片,绿意如水。坐在茶馆里,绿意透过帘子,沁人眉眼,让人俗气顿失。

看上这个雅致的地方后,老王打电话,给老林,相约来"清风居"。

"一定要来啊,饮茶得雅境啊。"老王说,笑意如春。

电话里,老林含蓄地一笑。那笑,仿佛泛着茶韵,恬淡而不带人间烟火味。

"茶中圣人,自是雍容高雅!"老王曾当面夸。老林微微一笑,摇头,很谦和。

从此,两个人成了"清风居"常客。来了,独占一桌,一人一杯,品茶,谈茶道,忘了地位,忘了烦恼,"浮生又得半日闲"。

老林品茶,品韵味。

老林说,饮茶,最好是一般茶叶,不必名茶:名茶如明星,做作,装饰味浓。一般嫩茶如小家碧玉,本色天然。

老王频频点头,很是赞同。

老林又转转手中茶杯,饮茶不必重器,得茶中三味者,何器皿不能品茶?品茶,品的是心境,是闲适。重茶具,则舍本逐末矣。

老王叹服,指自己,又指老林,轻声道:"天下饮者,唯使君与操耳。其余茶客,俗人耳。"

言罢,两个人举杯一笑,清风满面,遍体舒展。

喝罢,两个人道痛快,约定下次品茶的日子,抱拳分手。

一日,老王按约定走进"清风居",老林已端坐桌旁,一笑,

示座。

老王歉意地微笑:"让林兄久等。今天,我们喝自产茶。我亲自泡,算迟到受罚。"

老林听了,眉眼放光,道:"岂敢谈罚? 能品王兄泡的茶,真是三生有幸。"

老王洗了手,拿出一盒,打开,有壶有杯有茶,笑笑,将茶递到老林面前,得意道:"林兄看看我自制的'对镜贴花黄'如何?"

老林小心接了,打开:叶小如米,形弯如眉,色绿如黛,中间零星地散着几瓣黄花。嗅嗅,一缕清雅之气袭入鼻端,让人眼目一清,道:"好个'对镜贴花黄'! 此花大有文章,不是山菊,山菊无此清雅?"

老林侧脸,微笑,带着询问的意味。

"也非迎春,迎春无此闲散态,是——是蒲公英蒸煎揉搓的。"老林道,抬眼,看到老王高高翘起的拇指。

老林赞佩:"王兄真乃山林中人,采蒲公英制茶,高雅不让陶渊明了。"

老王摇头,由衷道:"哪里哪里,怎和林兄相比? 当世,能辨此茶的,可说没有。有,自今日始,自林兄始。陆羽之后,兄算第一人。"边说,边洗壶、冲杯、泡茶、斟茶。然后举杯相请。老林拿杯,轻呷一口,唇内一转,道:"色清而雅,味香而幽……"

老王接口:"纯粹的小家碧玉。"

两个人又笑,笑毕,老王正色道:"有一事相求林兄,可林兄雅士,又怕脏了尊耳,一直不好开口。"

老林放杯:"但说无妨。"

"犬子毕业在家,无事可干,兄为一局之长,不知能否给犬子指条门道?"

老林皱眉,无言,拿起杯,喝着茶,过一会儿,站起来歉意一笑道:"叨扰王兄好茶,余香满口,谢谢了。"说完,弯腰,离开,到了门口,拍拍老王的肩,笑道:"旱有旱路,水有水路,没规矩难成方圆啊。"说完,一抱拳走了。

老王站在那儿,呆呆的。

晚上回家,百思不得其解,正烦坐,有人敲门,打开,是一茶器制造厂老板,提一套高级茶具,来拜请老王办事。老王笑着接过,客气说:"来就来吧,怎么还这样?"

老板微笑,弯腰:"旱有旱路,水有水路,一点东西略表心意。"一句话,让老王醍醐灌顶。第二天,再到"清风居",提着那套几万元的茶具。

几天后,老王儿子有了工作。

猎鹿绝技

他是这一带有名的猎手。他擅长猎鹿,每年,猎的鹿堆成小山。钱,也就大把大把流进腰包,成了富甲一方的人。

钱多不咬手,猎枪,他一直没放下。

他猎鹿有绝技,一年,他上山打猎,看见草地上,一只母鹿安详地迈着步,旁边,是一只小鹿,蹦蹦跳跳,十分顽皮。突然,母鹿竖起了耳朵,鸣叫了一声。他的枪响了,母鹿跳了跳,倒在地上。他跑出去,扛起母鹿。那只小鹿并不跑,而是跟在他的身后,一路哀鸣着,进了家。

他想,还是把这个小家伙养着吧,长大了,还能卖一笔钱。

这只小鹿在他的喂养下,渐渐长大了,皮毛光滑油亮,一双蓝蓝的大眼睛,望着蓝天,常常长声鸣叫,如一个含情的少女。

一天早晨,他一大早起来,听到鹿圈里有动静,忙披衣去看,兴奋地瞪大了眼睛:鹿圈里,竟多出了两只鹿,体肥身大,毛皮发亮。

他忙关下圈门,活捉了两个家伙。

活鹿,在市场上价钱更好。

第二天,一大早,他又听到鹿圈有动静,忙跑去一看,又进来了一只膘肥体壮的鹿。他又抓住了这只家伙,卖了一笔钱。

原来,他喂养的是一只母鹿。

但是,随着时间的流逝,公鹿越来越少,最后,再也没有自投罗网的公鹿了。

等不来自投罗网的鹿后,他带着猎枪,还有这只鹿,进了更远的山林。他用长绳把鹿系绑着,自己埋伏在旁边丛林中,举枪瞄准着。随着母鹿的叫声,一个矫健的身影闪现出来,是一只公鹿。

"砰"的一声枪响,公鹿倒了下去。

猎人很高兴,跑出去,扛回了公鹿,藏在林中,然后又等着下一个。

每一次,母鹿对着眼前的死鹿,都会长长地哀鸣,圆圆的泪珠从眼眶中滚出,一滴一滴地落在草上。

渐渐地,这头鹿病了,不吃也不喝起来。

"看来,这家伙是熬不过今春了。"猎人想,但还想发挥它的余热,每天强拖着它,走向山林深处。鹿再不叫了,耷拉着脑袋,可仍有公鹿嗅着气味赶来。

猎人的枪,一次次地响起。

公鹿的尸体,一个个倒下。

母鹿不叫,但眼中是绝望的神色,滚出的,已经不是泪,而是一朵朵血花。

当夕阳西下时,猎人又带着自己的收获,和母鹿,向家里走去。母鹿突然停止了脚步,长长地哀鸣了一声,然后又是一声,在夕阳下长长地扩散。

猎人一喜,心想,一定是母鹿发现公鹿了。

母鹿侧耳倾听了一会儿,猛地一侧头,撞在一个尖利的石头上,头上顿时鲜血直涌,然后撒开四蹄,向丛林里奔去。一路,鲜血弥散。

猎人忙摘下背上的枪,跟了过去。

在丛林的深处,母鹿站住了,伸长脖子,一声声长鸣。

猎人拿着猎枪,躲在山石后,瞄准着。

随着鹿的鸣叫,也可能是鹿血的吸引,一个身影闪出来,让猎人目瞪口呆的是,来的不是鹿,是一只老虎。

猎人慌忙举起枪。

那只母鹿抬起头,向猎人望去,这一会儿,眼睛里,再也不是绝望的光,而是一汪汪清蓝。

猎人的枪响了,射向老虎。可是,那只鹿突然一跃,这致命的一弹,没有射在老虎身上,射在了母鹿的身上,它长鸣一声,倒了下去。

猎人的第二枪还没响起,就已经被猛虎扑倒。死前,他终于明白,不但人会设圈套,鹿也会设圈套。

最后一刀

围攻这座城,三天三夜,炮火不熄,硝烟把白天染成了黑夜,弹火把黑夜亮成了白天,战士们打得每一根枪管都发烫了,每一个喉咙都喊哑了,每一双眼睛都发红了。

将军的眼睛也发红了,如两团火苗,灼灼燃烧。

到了第四天早晨,将军咆哮了,一把推开参谋长,吼道:"谁再挡住老子,老子劈了他。"然后一回身喊道:"刀来!"警卫员忙走上前,递过一把百炼钢刀,将军一把抓过,一把扯了上衣,提着刀跃出了战壕,向城下冲去。

将军身经百战,本身就是一柄钢刀,无坚不摧。

将军玩命,将军手下的那些牛犊子们更是嗷嗷直叫,跟着冲了上去。一个早晨,战斗干净利索地结束,敌人守城部队几乎全部被歼。将军一身征尘,满面灰土,挎着战刀,骑着战马,带领着那队刚经过血与火淬炼过的部队,雄赳赳气昂昂地向城里迈进。

三年了,将军又回到了自己当年驻守的地方,这儿的一草一木,甚至每一块山石,将军都清清楚楚。

可是现在,一切都变了,如遭劫后的地狱。

将军热泪盈眶,下了马,慢慢地走着,见了每一个人,不管是老人、妇女还是孩子,将军都会弯腰点头,并致以歉意:"我们吃粮当兵,却没有保护好你们,让你们受罪了。"说到这儿,将军的眼圈微微有些发红。

就在这时候,人群中有些骚动,警卫员赶紧一步跨上前,挡在将军面前。将军,是战神,是民族的光荣。更是敌人暗杀的对象。将军从军卫国以来,遭受敌军的暗杀不下四十多次,不过每一次都毫发无损。

将军曾开玩笑:"那些家伙,只会像娘儿们一样躲在背地里下黑手。"

随着骚乱的人群分开,战士们簇拥着一个孩子走到将军面前。孩子有十二三岁的样子,瘦瘦的,怯怯的。将军摸摸孩子的头,严厉地问:"怎么和一个小孩子过不去?"

"报告将军,这是一个敌军部队的小兵,还没来得及逃跑,就被当地百姓抓起来了。"战士报告。

"还是个孩子啊!"将军说,语音中有一种痛惜,有一种责备,然后蹲下身,微笑着问孩子,"多大年龄了?"那个孩子沉默着,仍然望着将军,可能听不懂将军的话,也可能害怕,瑟瑟地抖着,手紧紧地拢在破烂的衣服内。

将军回过头,对警卫员说:"给小家伙弄点吃的去,对,还有衣服。"

此时,对面不远的楼上,响起了一声嘹亮的口哨,那个孩子仿佛接到了命令似的,突然从衣内掏出一支手枪,对着将军"砰"的就是一枪,警卫员眼疾手快,一脚踢翻了他,抓过一挺机枪,对着孩子就准备扫射。

"别,不要开枪。"将军捂住脖子,鲜血直淌,卫生员忙跑过来包扎。

"他还是个孩子,是受人指使的,放了他吧。"将军说,血仍在流。孩子被缴了枪,放了。

将军让人到刚才发出口哨的地方去搜查,除了几个烟蒂外,

什么也没有。

　　这时,将军已接近昏迷。枪弹伤着了动脉,血流不止。不一会儿,来接将军的车子驶到,停下。大家抬上将军,车子"呜"的一声,风驰电掣而去。

　　车子风一般卷出街道,再插入一条土路。突然,前面一个人影一闪,拦在了路上。原来是击伤将军的小孩。

　　"冲过去,救将军要紧。"警卫员咬牙切齿地说,眼睛都红了。

　　"不,快停。"迷迷糊糊中,将军呻吟道。

　　"将军,来不及了。"警卫员急得快哭了。

　　"那是一个孩子,一条生命!"将军嘶哑着声音喊。那个孩子跑过来,趴在车门上,不停地指着前面的大桥喊:"炸弹,前面桥上有炸弹。"

　　前面,一个鬼样的影子一闪。将军眼睛亮了,豹子般吼一声:"闪开!"一掌把孩子推倒。身边的大刀一闪,射了出去,在一声惨叫的同时,一声沉闷的枪声划破了上午的寂静。枪声中,将军身子一震,坐了下去,一动不动。

　　那个狙击手被大刀穿了个透亮。将军,也受到了那家伙临死前致命的一枪。

　　摔倒在地的小孩爬起来,呆了呆,猛地抱住将军大哭起来。突然,远处响起一声巨大的爆炸声,将军他们即将经过的那座大桥飞上了天空。将军拍着小孩的头,断断续续地对警卫员说:"多好的孩子,要保护好他。"

　　将军仍在笑,可那笑永远地凝固了。

教师的良心

我上师范时,他正好调来,当了我们的语文老师。他个子不高,貌不惊人,可文章写得极好,还是省作协的会员呢。由于他知识面广,讲课风趣,因此课堂上常常笑声一片。有一次上课,他向我提了一个问题,我一急,就用当地方言回答。答后,他笑笑说:"叽里呱啦的,一片鸟语花香。"惹得一教室的人都笑了,我也笑了。从此,我再也没用方言回答过问题。

他还有一绝,作文课上的范文绝不在书上找,而是即兴即景随口作出,一篇又一篇,流畅顺利,一点也不拖泥带水,赢得阵阵掌声。而他则站在黑板前,笑眯眯的,很得意。也就在那时,我爱上了写作;我们的班级,也成了全校有名的"作文班"。然而,在我的记忆里,他当时的工作境遇并不如意。

他刚调到本校时,教语文课之外,还兼任年级组长。他所带的班语文成绩一直处于年级第一,年级组工作也很出色。他十分高兴,在学年度自我工作总结中道:"本学年度本人成功处有三:一是年级组工作处于第一;二是所带班级语文成绩处于第一;三是发表文章几十篇。"

可是,第二学年,在没做任何解释的前提下,学校免除了他的年级组长职务。至于原因,他不清楚,据知情人透露,领导说他"狂妄"。

随后不久,他结了婚。妻子是同事,夫妻俩共用一间房,既做

卧室又是书房还是厨房,很不方便。恰在这时,校家属楼空出一套房来。他很高兴,忙到银行贷了一笔款,兴冲冲地去找领导。领导说需要研究研究。在他回家老老实实等候消息时,房已被别人住了,而且是一个并不急需房子的单身青年。

当时,他已给我们说好了,请我们第二天帮他搬家具。当我们去问时,他满脸通红,期期艾艾了半天才说了一句:"百无一用是书生。"

从那以后,我们才窥测出他心里也有委屈。是的,他不是圣人,也有血有肉有七情六欲,有不满、痛苦和失意。三年来,在他的辅导下,他的学生的文章在电视台、广播电台、报刊上多次出现,甚至在各种国家级征文中获奖,可他从未得过学校一次表彰。有时理所当然的表彰似乎触手可及,可总是和他擦肩而过,这让他很沮丧,也让我们很不平。但在我的记忆里,他从未把自己的不满带进教室,也从未因个人得失敷衍过一节课,甚至是自习。

记得在我们即将毕业的最后一节语文课上,在下课前他作了即兴发言,说:"同学们,你们要走了,我送你们几句话吧——教师,即使有一千条一万条理由怠工,但都有一条理由不能怠工:不能耽误学生。想想,我们不流血不受罪,让百姓供养,他们就是我们的衣食父母。所以,任何时候我们都不能耽误了他们的子女。"说到这儿,他目光炯炯,"这是一个教师良心的底线,超出了这条底线,就不配做教师!"

从此,我知道,每一个称职的教师的灵魂深处都有一粒种子,这粒种子就叫良心。十几年过去了,他也不知调到哪儿去了。我也做了多年的教师,也有过不满、失落,也受到过不公正的待遇,但我始终记着他的话,记着"教师的良心"。

微型偃月刀

关爷是剃头的。关爷说,他是关二爷后代。关二爷,知道不?拿青龙偃月刀、骑赤兔马、过五关斩六将的那位。因此,他的剃刀,是青龙偃月刀:有把,有刃,刀身上有一龙,云彩缠身,髭须分明。当然,这刀,是微型的。

关爷拿着这刀,在客人头上盘旋,呼一声,半边脑袋亮了;再呼一声,整个脑袋亮了;又呼一声,胡须没了。

一次,关爷的刀呼一声,一个客人半边脑袋光了。

客人赞道:"这柳叶刀,厉害!"

关爷一听,眼睛睁圆了:"啥,柳叶刀?"

客人说:"小小一撇,不是柳叶刀,能是啥?"

关爷脸红了,成了关公脸;眉毛竖起,成为卧蚕眉;可惜,眼睛不是丹凤眼,是双斗鸡眼。关爷不剃了,堂堂青龙偃月刀,成了柳叶刀,剃着没劲。

客人晃着半个锃光瓦亮的脑袋道:"我这咋办?"

关爷道:"你啊,就这么一阴一阳地回去吧。"

客人无奈,忙讨好:"关爷,你那是青龙偃月刀,斩颜良,诛文丑的,成吧?"关爷一听,眉头舒展了,小刀呼的一声,客人一颗脑袋,葫芦一般光溜。

客人走了,关爷拿小刀在袖头刮两下,红布包了,放在个小盒子里,朝一把躺椅上一躺,喝起茶来,一边哼着:"大江东去浪千

叠,引着这数十人驾着这小舟一叶。又不比九重龙凤阙,可正是千丈虎狼穴——"正是《单刀会》里的唱词。

当然,有客人上门,喊声"关爷清闲啊",关爷一笑,开始剃头。

这天,关爷正眯着眼,喝着唱着,听到喊声:"人呢?"

关爷一愣,不唱了,心说是人话吗,我不是人啊?拢起卧蚕眉,抬头一看,立马笑了。这来的,不是别人,是新来的日军小队长山田。

关爷忙笑道:"太君。"

山田一挥手:"你的,剃头的干活。"

关爷连连点头,说是的是的,让山田坐下,围条白布。接着,拿出他那枚小刀,在袖头刮两下,呼地一下,再呼地一下,一颗光头,白光闪耀。

山田摸着脑袋,竖起手指道:"哟西哟西,你的,神刀。"

关爷忙笑:"太君过奖。"

山田站起来,指着关爷的小刀:"剃了几颗脑袋?"

关爷说,不多,小镇大小脑袋,他全包了。

山田"噌"的一声,抽出自己战刀,呼呼虚劈几声:"我的,剃下两百多颗人头,比你的怎样?"

关爷的汗"噌"地出来了,山田的话,他懂了,他剃的是人发;那两百多颗,可是活蹦乱跳的人的脑袋啊。

关爷的腿,有些发软,身子晃了下。

山田望着关爷那鳖样,哈哈大笑道:"听说你是刀圣后代,今天,天皇陛下的武士,要向关圣人后代下战书,比拼刀法,如何?"

关爷忙摇头:"太君,别,我不会……"

山田摇着头,战刀划一道光,停在关爷脖子上:"不比,你的死啦死啦的。"

关爷傻了眼,擦把汗,随着山田走出去。

关爷拿的,是他那柄微型偃月刀。山田,竖起他的东洋战刀,哼哼一笑,扑了过去,横劈竖斩,刀光雨一般展开。

关爷白着脸,连连闪让,期间,手只扬了一下,然后惊叫一声,跌倒在地。山田哈哈大笑,战刀划过一道弧光,突然凝住,没有劈下;人晃动一下,一跤跌倒,来了个嘴啃泥,被部下扶起,额头撞破了,鲜血直流。

他没说话,一挥手,当头就走。当晚,死在军营中,军医解剖,发现他的脑袋里,嵌着把小小的刀,是枚微型青龙偃月刀。

日军这才明白,关爷装鳖,是麻痹山田。

当夜,日军围住关爷理发铺。

铺中,没有关爷。

关爷再没出现。小镇少了个剃头的,抗日军队多了员勇将,一把青龙偃月刀,砍起日军,滚瓜切菜。日军胆战心惊,称他刀王。

据说,他就是关爷。

无字的留言

那时,他很孤独,孤独如一只鹤。这,是他已认为的。可是,别人认为,他就是只草鸡。

别人,就是清洁队的人。

他,也是清洁队的一员。

大家扫完街后,就闲聊,就吹牛,就打牌挖坑看电视。只有他,一人一本书,读啊读的。有个叫狗子的就笑,道:"怎么,想考状元招驸马啊?"其时,电视里正演着《女驸马》。大家听了,都大笑,嘎嘎嘎的,充满了讥笑。

他仍默默的,一言不发,照样读书。

当然,也写,不是时时写,是经常写。他有一个梦想,成为作家,著名作家。所以,他的稿纸,写了一摞又一摞。

大家嗑瓜子时,他在写。

大家去逛街时,他也在写。

除了扫街,他就看书,就写,时间一长,就成了游离于清洁队的一个怪物。

"这家伙,做梦呢。"一人说。

"不是做梦,是发神经。"另一人吸着烟道。

这时,狗子走进来,歪歪斜斜的,带一身酒气,望了他一会儿。他抬起头,看了那醉汉一眼,又忙着写起来,在心里,他有些怵。上次,这家伙讽刺他,说他写的什么王八叉,他反驳了两句,以至于动了手,他根本不是对手,被打倒在地,嘴唇都打肿了。

事后,大家都说他不对,作家嘛,怎可和醉汉一样?

领导也不满,翻着白眼道,一个扫街道的,写什么?

他知道,在这儿,他是孤独的,是一根野草。所以,就得忍。

可是,对方并不因为他的忍而离开,一伸手,夺过那摞稿纸道:"我看看。"拿到手里,并不看,呸呸吐两口唾沫,说什么狗屁文章,一把扔在空中,蝴蝶乱飞。

他斜着眼,轻轻地咬咬牙。

大家又一次笑了,嘎嘎的。狗子也笑了,哈哈的。

这时,她走过来。一直以来,别人笑时,她都站在那儿,望着他,眼睛里,荡漾着一种欣赏,一种敬佩。

在大家的笑声中,她蹲下去,一张张拾起散落在地上的稿纸,看了一会儿,眼光一亮,道:"写得真好。"

他心里一跳,第一次,感到一种温馨,一种力量,青草一样萌生。

"好什么?"狗子撇着嘴问。

"看了几句,就迷住了。"她轻声说。

狗子张张嘴,走了。她把稿纸拿着,走到他面前,双手递给他道:"写得真好,写完了,能让我再读一遍吗?"

他抬起头,眼前是一张干干净净的眉眼,纤尘不染。

他点点头,接过稿纸。

从此,每次写罢文章,她总会成为他的第一个读者。每次读罢,她总会微笑着赞叹,真好,太迷人了。她把吸引人不叫吸引人,叫迷人。

大家听了,又嘎嘎地笑,说清洁队里又出了个女状元。

他的文章,在她的赞美声中,终于获得了大奖。他,也因此被文联调去。

临走时,他拿出一本书,请她留言,说好一生收藏。

她握着笔,如握扫把一样,站在那儿,红了脸。恰在这时,会计经过,见了,笑道:"她不识字呢,每次领钱,不会写名字,是按手印。"

一时,他呆住了,抬起头。

阳光下,她仍微笑着,眼睫毛上泛一排阳光,亮亮的。他飞快找来印盒,打开,请她沾上印泥,工工整整的,在扉页上按下一个指印。

望着那红红的指印，泪眼模糊中，他仿佛嗅到了春天原野里盛开的山丹丹花香。

铲除心灵的糖皮

他是个问题学生，不是一般的捣蛋，而是特别捣。因此，每个班主任接手这个班，都对他皱眉不已，找他谈话，让他写保证。甚至，有的让他转班。

但是，他一直都不改。

他留着长发，耳朵上打着耳钉。一次，校长看见了，让他摘了，他眼睛一白道："这是学生人身自由，学校不能干涉。"校长生气极了，把他交给班主任，希望教育一下他。谁知班主任望望他，只是笑笑，让他进了教室。

这是个新来的班主任，姓汪，脸上经常堆满笑。他想，这样的人，能奈他何？

几天后，他把一只蟑螂放在女同桌的文具盒里。原因很简单，考试的时候，这个小丫头竟无视他的存在，对他提出照抄的要求理也不理。

同桌哭着去找汪老师，汪老师来了，推推眼镜望望他。他挺着胸站在那儿，已经做好了挨训，甚至反击的准备。他想，你们不是说我是个问题学生吗，我就问题问题让你们看。

汪老师没生气，仍笑笑，对他说："坐下吧，我没说让你站起来啊。"他听了，无言地坐下，第一次有点失败的感觉：做好了充分准备,没有用出去啊。

汪老师最终的解决办法,是把他同桌调了个位置,他一个人坐一张桌子。

这些,还不算他最大的缺点。

他最大的缺点,是爱吹泡泡糖,吹得大大的,啪一响,炸了。然后又吹,吹大,又炸。最后,嚼得没甜味了,"啪"的一声,吐在地上。时间一长,教室地板上粘着一个个泡泡糖皮,踩在上面,黏黏糊糊的,很难受,也很不卫生。

过去的班主任也批评他,他脖子一硬,说:"是我吗?谁看见?"弄得班主任无言以对,转身走了。

身后,他头发一披,得意地笑了说:"问题学生嘛,当然得有问题。"

汪老师接班后,他照样如此,把糖皮吐得满地都是。教室地板上,黑乎乎的糖皮,星星点点,让人看了,很是不舒服。

那天,汪老师让彻底打扫卫生,其中一项,就是铲掉地板上的糖皮。任务下发后,大家都争着干,有的扫地,有的抹桌子,有的擦窗子。可是,就是没谁愿意铲糖皮。班长一看生气了,望着他说:"谁吐的谁铲。"

他脸红了,脖子上的筋一根根凸出来,说:"谁吐的?我看是你吐的。"

班长气红了脸,说:"问问同学们,看究竟是谁吐的。"可是,同学们每一个人都不敢说,害怕他报复。

这时,汪老师笑着说:"没人铲,我来铲吧。"说完,拿出一把小刀,蹲下身子,用刀刃小心地对着糖皮四边一旋,再一铲,铲下一整块糖皮。接着,又这样一转一铲,铲掉一块糖皮。

他站在那儿,呆呆地望着汪老师,望着他满头花白的头发。

全班同学也望着班主任,静悄悄的。

班长忍不住了,忙站出来,准备去接汪老师手里的刀子,说:"汪老师,我们来吧!"

汪老师不给,仍然笑笑的,望着全班同学说:"这糖皮,不管是谁吐的,总之都是我的学生。'生不教,师之过'啊,我是班主任,有推脱不了的责任,自己罚自己。以后,如果还有,我还罚自己。"说完,又低下头,小心翼翼地铲着。铲过之后的地板,干干净净,能照见人影。

教室里,仍然静悄悄的,有的女生甚至眼圈红了。

他低着头,满脸通红,第一次安静下来。

铲到他面前,他脚前有两块。汪老师抬起头,望着他,仍笑笑地说:"让一下好吗,不然,我铲不成。"

他没让,流了泪说:"老师,我——我来铲吧。"

汪老师这次没推辞,笑着捶捶腰,把小刀递给他说:"真累了。好吧,铲干净点啊。"

他点着头,蹲下,学着汪老师的样子,小刀在糖皮四边一旋,一铲,一块糖皮掉了。接着,又一旋一铲,一块糖皮掉了。他铲得很细致,也很认真。

四周静静的,突然响起了掌声:有同学们的,也有汪老师的。

他仍在铲着,一下又一下。他没抬头,泪水一滴滴滑落在地板上。他走过的地方,地板一片洁净,水洗过一样。

其间,别的同学要来代替他,他摇着头,怎么也不让。他的心里,在惩罚自己。

铲完,他站起来,回头望望,心里竟漾满一种幸福感。

以后,校园里,一个问题学生不见了,代之而来的,是一个勤奋礼貌的他。

大家都夸他变化快,出人意料。可是,他清楚,这是因为,那天下午,汪老师用一把小刀铲除了他心中的糖皮。

他的心,因此一片清洁,干净如洗。

出　首

那年,王县令刚上任,塔元县就发生了件抢劫案,可是,半月过去,劫匪一无下落。王县令唯有捻须长叹,毫无办法。就在这时,差役来报,县衙以及街坊墙上,到处贴着匿名书。原来,有盗贼看王县令追查很严,怕查出来后,会受到严惩;想自首,又怕县令不饶,所以,用这个匿名书张贴出来,也算投石问路,试试王县令的态度。

王县令听罢,眼睛一亮,忙让差役贴出布告:若愿出首,既往不咎。当天,那些抢劫的人,一个个来到县衙,都来自首,生怕来迟一步,被别人占了先。轻轻松松,王县令破了案。过后,张书吏很是惊讶,望着王县令道,这儿的盗贼一贯顽固,这次怎么这么听话啊,竟然自贴广告,要求自首。王县令听了,捻须哈哈一笑,得意地道:"盗贼顽固如旧,只是本县略施小计而已。"

张书吏更是惊讶,忙问:"什么计?"

王县令摇头微笑,许久,告诉他,那匿名书不是别人所写,实乃自己所为。张书吏听了,开始惊奇,继而大笑,然后怕案叫好。对王县令,再不以庸官相待。

两人搭档,不知不觉三年。三年中,两人亲如弟兄,无所不

谈。塔元县,在两个人合作治理下,县境太平,百姓康乐,家家欢笑,人人喜悦。可是,三年后,塔元县遇上一场大灾难。那年,县境之内,遭遇百年难遇的大旱,颗粒无收。一时,百姓流离失所,十室九空。王县令虽捉贼有法,却赈灾无方,唯有长叹而已。张书吏也皱了眉,弯了腰,整日长叹,如抽去筋骨一般。

就在那日晚上,塔元县征收上来的税银,放在仓库中,竟然被贼洗劫一空。王知县的上司商州知府知道了,大惊,忙上报皇帝。皇帝气得直吹胡子,命令商州府知府和塔元县王知县限期破案,否则,俩人全都革职拿问。王县令思索再三,只有用老办法,假装贼人,写了匿名书信张贴街上。可惜,不管用,没人自首。知府急了,说,没有别的办法,东西是在塔元县丢失,让塔元县百姓平摊。王县令道,这样做,会逼死人的。知府急了,道:不这样做,我们都会坐牢的。

知府大人一言九鼎,当即派下差役,准备第二天下去催银。那天晚上,张书吏来到知府面前,一笑道,不必查了,也不必逼了,银子是我盗的。知府与王知县睁大了眼,忙派人到张书吏那儿去查,挖地三尺,一两银子也没找见。张书吏呵呵一笑,找什么,被我挥霍光了。

知府和王知县不信,张书吏一贯清白,不可能盗银。张书吏说,不用怀疑,自己盗银时,有一块铜坠丢了,可能还在现场。知府忙派人去找,果然找到铜坠。张书吏被交上去,判为死刑,几天后将被斩首。

张书吏受刑的前夜,王县令也进了监狱,脚镣手铐戴着。张书吏见了,惊问,这——这是为何?王县令一笑,盘腿坐下,道,老弟,银子明明是我盗的,让你抵罪,我心何安?

张书吏长叹一口气,过了一会儿道,你是为我塔元百姓做贼,替你死,我是自愿的。

王县令惊道,你——你都知道?

张书吏点点头,告诉王县令,银子失盗的晚上,他的亲戚朋友家,都得到了救济银子。他去了盗窃现场,拾到一块配饰,是王县令的。他知道,王县令这样做,是怕连累别人。他忙收起这块配饰,摘下自己身上长佩的铜坠,扔在那儿,转身去知府处自首。

望着张书吏,王县令流下了泪。两个人,两双手紧握一起。第二天,上刑场时,两个人仍是一块儿。在刽子手动刀的那一刻,王县令转过头,笑着对张书吏说,老弟,来生,我们再在一块儿。张书吏点着头,笑笑,很坚定。

夺命的琴声

女人穿绿裙,水绿色的,烛光下一闪一闪的,真的如水。

女人腿很长,绿裙曳地,如一尊绿玉雕琢的。望人时,她的眼睛微眯着,是一双细长的丹凤眼,给人一种迷蒙氤氲之感。

这双眼,如暮霭中的夕阳,如云翳中的满月。

女人是一个歌女。

女人唱歌,朱唇一动,珠落玉盘,露滴草尖,清、亮、净。

熟知的人说,女人的歌唱得好,可与她的琴音相比,就相差甚远了。

真的?所有人都白着眼,停止品茶,伸着脖子问。

当然。这人慢条斯理地说,他一次偶然听到,可惜,再听,女

人就不弹了。

所有茶客听了,都叹息一声。

于是,再听歌时,有人就提出,希望姑娘弹上一曲,让大家一饱耳福。可是,女人摇头一笑,拒绝了。女人只唱歌,唱罢,回到房里,一袭绿裙,斜躺在椅上。椅上是朱红椅披,和女人绿裙白脸相映衬,如画。

女人的名字就叫如画。

女人的脚下,卧着一只小狗,白如雪,黑鼻头,亮眼睛。小狗叫白白,就这么静静地卧着,很少汪汪地叫。

女人一副慵懒样。

小狗也一副慵懒样。

女人也不是完全拒绝弹琴。女人说,如果有人能拿出一支龙凤簪子,和自己藏着的一支相配,自己就弹一曲《凤求凰》。大家一听,《凤求凰》,当年司马相如弹给卓文君的,有求偶之意。女人弹这,是在招乘龙快婿吗?

女人一笑,不言,默认了。她的手上,拈着一支金簪,是凤凰展翅。凤凰嘴上,吊着流苏,流苏上有一串珠子,晶亮如水,摊在女人白嫩的手心,碧莹莹的。

大家看看,一个个退缩了。这样罕见物儿,谁能有啊?

当然,也不是没人有,这人,是朱丞相。听了消息,朱丞相拿了簪子,笑哈哈地来了。簪子送进去,女人仔细看看,眼睛一亮,清风拂柳一般走出来,迎接朱丞相。

朱丞相高兴得哈哈的,白胡子直飘。

房内,琴声响起,如鸟鸣花丛,雨洒绿草,凤舞山林,花开水边,真非人间之音。一曲弹罢,女人轻飘飘地走出来,对朱丞相的跟班说,你们丞相睡着了,抬回去吧。

跟班忙忙进去,顿时傻了眼,朱丞相哪里是睡着了,竟然已停止呼吸,脖子上还套着一根白绫呢。

朱丞相是被女人勒死的。

女人,是当年一个读书人的女儿。这个读书人,祖传两支簪子,名龙凤簪。朱丞相听了,是稀罕物儿,让人传话,圣上的郭贵妃喜好那簪子,希望书生献出,自己交给郭贵妃。朱丞相还放出话,这样,自己可保书生做官。

书生听了,勃然大怒道,朱丞相和郭贵妃内外勾结,祸国殃民,自己绝不会献出簪子。至于自己,从没想过当官,更不会巴结朱丞相,去弄什么官当。

朱丞相听到后,嘿嘿一笑。

几天后的一个夜里,一群黑衣蒙面人冲入书生家,见人就杀,见物就抢。他们是朱丞相派来的,目的,就是抢那两支簪子。

可是,最终,他们只找到一根。另一根,让书生的女儿带着。他的女儿,出外学琴去了。这以后,这个女孩再也不见了踪影。朱丞相只弄到一根簪子,当然不敢献出去,怕郭贵妃届时怀疑他私藏了另一支。这支簪子,就留在手里,最终成了一道催命符。

如画,是书生的女儿。

勒死朱丞相后,她也被抓了起来,两天后,押上刑场,穿的不是绿裙子,是囚服。可是,她仍眯着眼,一副迷蒙氤氲的样子,很美!

据人们后来回忆说,当时是大晴天,可是,剑子手大刀落下的那刻,天空雷声轰隆,大雨倾盆,足足下了一个多时辰的雨,满街道都是流水,哗哗的,连监斩官也跑去躲雨去了,更别说他人。雨罢天晴,一道彩虹挂在天上。女人的尸体不见了:被水冲走了,还是被人趁着大雨抢去埋葬了,谁也说不清。

只有那只名叫白白的小狗,每天去女人受刑的地方,汪汪地叫着。有一天突然不叫了,卧在那儿,大家跑去一看,已经死了。

珍　宝

经过贞观之治,唐代很富裕,丝绸云彩一样;瓷器,如同琉璃一般。唐代仕女的歌声,和陌上的春风应和着。

富裕,也让人眼红。

西突厥可汗知道了,心说,如此富裕,自己为什么不去抢上一把。于是,酒杯一扔,奶酒不喝了,马鞭一挥,带着自己的马背健儿,刀枪闪亮,杀奔中原。一路上,硝烟弥漫,号角震天。长安城中,警报连连。

武后很生气,命令大将裴行俭去剿灭。

裴行俭去了。

唐军一路战马嘶鸣,到了塞外,不见西突厥士兵的影子。

那天,天晚了,唐军驻扎下来。裴行俭爱下棋,于是,找来一个幕僚,两人下棋。这时,一个亲兵拿着个玛瑙盘,装着一盘水果悄悄送上来。

裴行俭和幕僚继续下棋,突然,"哐当"一声,传来破碎声。原来,这个亲兵不小心,手不知如何颤抖了一下,玛瑙盘落在地上,碎了。

这个盘子,裴行俭非常喜爱。

亲兵吓坏了,忙跪下,连连叩头说:"对不起,将军。"裴行俭俯下身子,扶起那个士兵道:"是我不小心,手肘撞着你的盘子,怎么能怪你?"说完,拍拍士兵的肩膀,让他下去休息。

幕僚很不解,说是那小子不小心,把你喜爱的玛瑙盘打了啊,你怎么怪上自己。

裴行俭一笑,告诉他,盘子再好,也不过是个玩物,难道能因为一个玩物,去责罚士兵吗?

故事,当然没完。

西突厥可汗并没逃跑,而是悄悄埋伏起来。那一晚上,借着黑黑的夜色,悄悄带着士兵冲向唐营。为了做到极度机密,每一个士兵嘴里衔着根木棍,马蹄子包着毡片。

这简直是一支古代版的影子军队。

西突厥可汗觉得,自己这次不赢是不可能的。他心里说,你裴行俭不是名将吗?打败名将,我就名垂青史了。

唐营中,灯火通明,这个裴行俭,还坐在那儿下棋呢。

西突厥可汗带着部下一拥而入,跑到裴行俭身边,才大吃一惊。这哪儿是人啊,分明是草人嘛!知道自己上当了,西突厥可汗大喊一声:"兄弟们,快撤。"

可是,唐军随着喊声,也冲了出来。

草原健儿的马刀,可不是吃素的,尤其是处于绝境时,拼命一击,无人可抵,仍冲出了重围。可是,半路上,只见火光烛天,一队人马拦住出路。裴行俭仗剑跃马,命令西突厥可汗下马投降。

西突厥可汗脸色一白,看看他的身后,突然嘿嘿一笑,大喝一声:"裴行俭,现在我只要一句话,就让你死。"

裴行俭说:"好啊,那你就说出你那句话吧。"

西突厥可汗大喊一声:"史罗支,动手。"

随着他喊罢,一个人拉满弓,"嗖"的一声,羽箭飞了出去。

西突厥可汗一声惨叫,落入马下。其他西突厥士兵一见,愣了一会儿,纷纷下马投降。

西突厥可汗没死,受伤了,那一箭射中了他的肩部。

他被俘后,很不服气,对裴行俭说,自己不是裴行俭打败了,是被自己人打败的。原来,为了打败裴行俭,西突厥可汗可没少用脑子。他撤兵,埋伏,并且还派出了刺客。这个刺客,就是他部族的神箭手史罗支。他告诉对方,一定要潜入唐营,杀死裴行俭。

他甚至下了死命令:"部族存亡,就看你的了,完不成任务,你就自杀吧。"

他没想到,他的神箭手,最终竟然把箭射向了他。

他要求,见一眼史罗支,询问他,究竟是什么原因,让他背叛了自己。裴行俭一笑,拍拍手,史罗支走出来。这个史罗支不是别人,正是那个打碎玛瑙盘的士兵。

是的,他接到西突厥可汗的命令,潜入唐营,劫持了一位亲兵。然后,自己扮作亲兵的样子,拿着裴行俭的玛瑙盘,送上水果。由于是间谍,心里紧张,心里一紧,盘子落地。他以为,这么贵重的东西打碎,裴行俭一定饶不了他。

可是,裴行俭却将过错揽在自己身上。

说完,史罗支对西突厥可汗道:"而你,我的可汗,轻易发动战争,却把战争的胜败,推在别人身上,这公平吗?"

西突厥可汗低下头,他终于明白,自己是被自己打败的。

球　技

　　我又犯规了,将篮球带进教室,"咚"一声飞到玻璃上,窗玻璃立马碎了一块。响声引来吴伟,当知道是我时,马上下发处罚令,罚三十个球,午饭后训练。我急了,忙拦住吴伟求道:"别罚了,我错了不成吗?"

　　吴伟摇头,我一咬牙:"一包鸡爪,五香鸡爪,怎么样?"

　　吴伟第二次下发处罚令:"鉴于朱敏儿贿赂本教练,再加罚十个球。"

　　我大惊:"别……千万……"

　　吴伟加重语气:"再讨价还价,再加罚十个。"

　　我气鼓鼓的,我来这个培训学校,是为了练习球技,可不是受气的。放学后,我去了食堂,打了饭,找几个女生坐在一块儿,叽叽喳喳地说着话。我衷心希望,吴伟会忘了自己的处罚令。

　　谁知,刚吃罢饭,吴伟就来了。我忙往其他女生身后躲,还是让吴伟看见了。吴伟来到我面前问:"吃完了吗?"

　　我噘着唇道:"还没呢。要不,你打一份,显示爱心?"可我忘记藏起饭盒,吴伟见了道:"说谎,小心再加十个球。"

　　我耍赖:"我……不去。"

　　我一边说,一边向后退,看吴伟来拉自己,大声道:"男女授受不亲。"吴伟忙缩回手,我得意极了,道:"拉啊,怎么不拉了?"

　　其他女生见了,都咯咯地笑起来。

吴伟红着脸,一把攥住我的手道:"走,去操场。"

去了操场,练了一会儿,不见吴伟,我也悄悄地溜了,准备去教室。在教室外面,我听见里面响起咚咚的声音,悄悄地一望,吴伟在那儿安装玻璃,突然哎呀一声,手指砸着了,出了血。我悄悄地走了,去了操场练起球来。

我的死党刘钊打来电话:"听说有一小子当教练,球技如何?"

我道:"美女杀手。"

刘钊说,等着,自己会让那小子哭的。我轻声问:"你想干什么?"

刘钊一笑,保密。

我不由得暗暗担心。

那天,我又受到处罚,因为一个投篮要技不得要领。吴伟规定补练,上午放学留下。我无奈,去了操场。吴伟换了双放在阳台上的球鞋,也来到操场问:"听说你准备参加本届市篮球赛?"

"不可以啊?"我眼一翻。

吴伟手一扬,一个篮球飞进篮筐道:"得下工夫。"说完,吴伟将投篮要领重说一遍,然后拍几下篮球,一个转身蹬跨,篮球飞出稳稳命中篮筐。可双脚落地时,他大叫一声蹲在地上。我忙跑过来问:"怎么啦?"看吴伟抱着右脚,我忙替他脱下鞋子,一枚钉子扎在鞋底上,将吴伟的脚扎得鲜血淋漓。我红了眼圈道:"怎么办啊?流血了。"

吴伟扯掉钉子,歪斜着站起,摇摇手,看我练着那个动作,一直到我熟练后,才一笑:"走,吃饭嘞。"

我的眼一白:"饭堂关门了。"

吴伟告诉我,两份饭早托人打了,放在办公室。说完,一瘸一拐地走着。我的手机响了,是刘钊的。刘钊轻声问:"怎么样,那小子瘸了吗?"

我一惊:"那……钉子是你放的?"

刘钊告诉我,那是自己让一个参加培训的哥们儿放的。我对着手机喊:"刘钊,讨厌。"说完,关了手机。

暑假培训结束后,回到学校,课余时间我没忘篮球锻炼,吴伟教的那些动作,我练了又练,持球、接球、蹬跨……国庆节那天,市篮球赛如期进行,我所在的球队一路斩关夺隘,尤其作为中锋的我,每个动作都会引起观众一阵叫好声。

最后,进行冠军决赛。

对方超强,和我们的队势均力敌。两队一直持平,最后一球,在双方队员冲锋拦阻下,到了对方球员手里。对方球员将篮球投向自己队友,一个人影一闪,凌空抢去,那就是我。我把球抢到手后,猛拍几下,三步上篮,侧身一翻,篮球旋转着飞出去,落入篮筐,滴溜溜转几个圈,落下去。

全场一角有个声音大叫起来:"朱敏儿,朱敏儿。"

我呆在那儿,猛地醒悟过来,自己刚才用的正是吴伟那次受伤所传球技。

外婆坟

　　外婆住在一个山洼里,住的房子为土墙黑瓦,被树荫罩着。每次,去外婆家时,站在山下路边,远远地朝山上一望,一缕炊烟直上树梢,心中就有一丝温馨。因为,外婆开始做饭了。

　　外婆做的煎饼最好吃。

　　一次,我和妹妹去外婆家,外婆给我们摊煎饼,没有什么菜,仓促中,就拿一碗腌韭菜。腌韭菜酸酸的,腌制的时候,外婆又放了辣椒丝,辣辣的。外婆让我们用煎饼卷着腌韭菜吃,又酸又辣又香,很好吃。

　　外婆摊,我们站在旁边吃,一人吃了三大块,吃完,咯儿咯儿地打嗝。

　　多年后,想到外婆,我还想到外婆的煎饼,想到外婆摊煎饼的样子:她踮着小脚,一头白发,在油烟子中忙碌着,嘴里连连说:"吃慢点,慢慢来,别噎着啊。"

　　外婆早已离世,妹妹不知道还记得那次吃煎饼不。

　　外婆家门外有块大石头,那个大啊,有两间屋子的样子,石头黑色上面有藤条。石头从中裂开,长出一棵桃树来。桃子开花时,一片云霞,映着外婆的大门,也映着外婆歪曲的腰背。桃子成熟时,外婆就会摘了让我们吃,外婆在旁边笑着看着,我们让她吃,她总是摇头,说胃不好,不能吃。如果我们没去,桃子成熟时,她就会让人捎来。

暑假里,我会跟着母亲一块儿去外婆家待上几天。那时,外婆很高兴,夏天的晚上,会和我们一块儿坐在大石上乘凉,给我摇着蒲扇,讲着故事。有时,我会袒露着肚皮,睡在石头上,听蛐蛐叫;也会趴在一个小小的石窝前,对着一洼水,数着里面的星星,看着里面的月亮。

有一次,在大石头上,我被一块石头绊了一跤,头上跌了一个包,哭了。外婆急了,说:"这遭瘟的石头。"搬了就准备扔,接着叫了一声。原来,石头底下有只蝎子,把外婆蜇了一下。

那一夜,外婆捏着被蜇的手指,痛得呻吟了一夜。一直到今天,我仿佛仍能听到外婆的呻吟声,长长地传入耳边。

每次我们去时,外婆会远远地接着,一脸的笑;离开时,外婆会送我们,看不见时,她就会登上那块大石望着我们。我们走远了,回过头去,会看到她拭着眼泪。母亲说,外婆又哭了。

母亲说这话时,眼圈红了。

外婆死时,我已大学毕业,在外面奔波着,没法回去。那时,外婆已经搬了新居,老屋已废弃。母亲说,外婆临终时要求,把自己葬在那块大石旁。

母亲后来说,一到清明,那棵桃树开了,如霞一般,花瓣落在外婆坟头上,也是一片。可是,去年清明,母亲再来电话时说,外婆坟旁那棵桃树死了。

我听了,心里一阵难过。外婆离世后,我一直在外漂泊,没回过家,她的坟向东还是向西,我至今也不清楚。

又是清明了,屈指算来,外婆已去那个世界二十三年了。

跟踪的影子

最近,他感到被人跟踪。他在公园里晨练,对着花花草草吐气,开声,突然一回首,就看见一个人影一闪。他的心一冷,所有的兴趣都没有了。他爱看花,爱看云。每个星期天,无论多忙,他都会抽出点时间,来公园走几步。枝头上,鸟儿鸣叫着,一个个音符,清亮得如露珠一样,滴在心上。他的心,就如一朵莲花,在淡淡地开放。

可是,今天,那个人影响了他的情绪。

他停下,悄悄走过去,想细细打量一下那个人。

自己让人盯上了,竟然不知道对方是谁,这太可怕了。

他走到那边草丛旁,不见人影。他劝自己,一定是眼睛看花了,如果真有人,怎么可能一闪就不见了?他笑笑,摇摇脑袋,心里轻松了。可是,就在转身的刹那,他顿住了,草丛里,明显有人蹲过的痕迹。而且,还有一个烟蒂。

他没看错,也没眼花,是有人躲在这儿,盯着自己。换句话说,自己被人跟踪了。

他的太阳穴突突地跳,心脏也咚咚地跳起来,大口地喘着气,忙拿了降压药,向嘴里吞了两颗,用唾沫艰难地咽下,坐在那儿。过了一会儿,心里平静了,他站起来,四处望望,见没有人看见,摘了挂在树上的鸟笼子,匆忙地走了。

笼子里,鸟儿一声一声地叫着,声音很圆润,清亮。过去,他很爱听,还会停下脚步,逗弄着鸟儿。可是,这些,现在都已经被抛入九霄云外了。他频频问自己,是谁?干什么的?

他想了许久,最终摇摇头,找不出答案。

猛地,他再次站住,因为,他敏锐地感觉到有人跟踪,忙回头,一个人影再次一闪不见了。是的,是一个人影。这个人究竟干什么啊?他究竟想怎么样?

他快走几步,躲在一个拐角处。他想看看,跟踪的人究竟是谁。可是,等了半个多钟头,鬼影子也不见一个。

来来往往的人,都好奇地打量着他,不知道他怎么啦。

他故作轻松地耸耸肩,提着鸟笼,转身地走了。

回到家,老婆问他为什么回来得这么早。他摇着手,懒得回答。坐了一会儿,觉得时间差不多了,他告诉老婆,让她悄悄出去,看外面是不是又有个人影。老婆看他神神秘秘的,吓了一跳,问:"什么人影啊?"

他火了,压低声音道:"让你去就去,啰唆啥?"

老婆战战兢兢打开门,又猛地关上,脸色雪白道:"有……有人影,一闪没了,干……什么的啊?"

他长叹一声,看看老婆,劝道:"没什么,不就是一个人影吗?"

老婆试探:"报警吧。"

他瞪了老婆一眼,低声道:"胡说。"说完,他轻轻地打开门,四处望望,不见人影。可是,邻居门内隐隐有动静,他贴着门缝听着,听到说话声:"盯住了,别让发现。不行的话,控制住,别让跑了。"他再次大惊,退回家里,一屁股坐在沙发上,再次拿出降压药喝下,喘息了一会儿。

老婆轻声问:"怎么啦?"

他摇着头,许久道:"我接受了别人一百五十万的一张卡,可能被警察盯上了。"

老婆哭了:"怎么办啊?你怎么能那样啊?"

他没说话,拍拍老婆的肩,站起来穿好衣服走了出去,径直去了公安局。他想,与其被逮捕,不如自首。

在警察面前,他低着头,交代了一切,并拿出那张卡。

警察大惊,当即去查,抓住几个盗贼:盗贼们租了邻家的房子,准备打通之后,去偷盗别家。至于跟踪他,是为了掌握他的生活规律,便于在适当的时候动手,以免惊动他,引起麻烦。

他听了,瞪着眼睛,内心却没有懊悔,反而觉得很轻松。

蝉　蜕

贵生四十多了,有些傻,平日里呵呵地笑着。有时,稍不注意,嘴角便会流出口水。这时,小村人见了,会笑,会喊道:"口水出来了。"

可是,山子却不这样喊,他喊:"傻子,猫尿出来了。"

贵生一听,一耸肩,吸溜一声,口水飞快地吸进嘴里。

村人见了,都哈哈笑着,感到很有趣。山子更是嘎嘎地笑,鸭子叫一般,笑罢,扔下一句话:"这个傻子,傻得可怜。"

贵生也跟着大家笑,呵呵的,一不小心,口水又流出来了。

贵生人很勤快:别人打麦,他帮着打麦。别人挖地,他帮着挖地。别人挑粪,他也帮着吭哧吭哧地挑粪。他很好招待,不挑饭菜,可是那次,他特意要了一样菜:豆腐。而且,豆腐是他一个人的,不许别人吃,用他的话说,是他要的,当然是他的。

别人说:"傻子,吃你要的豆腐啊。"

贵生摇着头,不吃豆腐,去吃别的菜。山子见了,用筷子挡住他的筷子,告诉他,其余的菜是自己要的,贵生也不能吃。贵生望望山子,就不吃菜了,大口吃着白饭:显然,他有点怕山子。吃罢饭,瞅着别人不注意,贵生悄悄采了一片荷叶,飞快地将豆腐包了,藏在怀里,走了出去,刚走几步,"啪"的一声跌倒在地上。

他抬起头,山子笑嘻嘻地望着他。

山子说:"傻子,偷豆腐啊?"

贵生顾不得回答,忙从怀里掏出荷叶,里面的豆腐都碎了。山子见了,再次嘎嘎地笑起来,感到很好玩。

后来几天,贵生很少帮大家的忙,每天忙碌着,到处爬树,包括柳树、杨树和椿树,忙得如夹着火把一般。山子见了,很惊奇地问:"傻子,干啥啊?"贵生摇着头,双手紧紧地捂着身上挎着的一个破包,不回答。

山子很好奇,这个傻子,究竟想干什么。

他眨眨眼,说声:"走啦。"然后,转身假装离开,等到贵生刚刚将背包放在树下,准备爬树时,他从那边草丛里突然跑出来,抢了包。贵生一见,眼睛红了,吼了一声,扑了过来。山子嘿嘿一笑,一扬手,背包飞入河中。贵生急了,不再扑向山子,一转身跳入了河里,去抢那个破背包。

显然,他不会游泳,在水里扑腾着。

山子傻眼了,他也不会水,使劲喊着救命。

村人们听到喊声赶来,有会水的跳入河中,救出贵生。贵生跳着脚喊道:"我的包,我的包。"说着,"扑腾"一声跪在那个会水

人的面前，"咚咚"地磕了两个头。那人嘀咕一句："这个家伙。"说完，再次跳下水，捞出那个包。

贵生一把抢过包，紧紧抱在怀里。

大家都不解，这个背包里究竟有啥啊，这样贵重？

正议论着，村里王中医匆匆赶来，告诉大家，贵生娘最近牙床红肿疼痛，吃不得东西。他告诉贵生一个单方，蝉蜕烘干，研成末，冲水服下，可以降火。至于那次要豆腐，也是为了他娘。

说到这儿，王中医长叹一声："贵生人傻心不傻，孝顺着呢。"说着，他拿过贵生的包打开，里面果然是一些蝉蜕。

山子听了，红了脸，低下了头。

村人们听了，也都红了脸，低下头。

第二天一早，贵生开门，惊奇地发现，他的门外放着一只篮子。篮子里，放着很多蝉蜕。他呵呵地笑了，口水流出来，亮晶晶的。

尊重粮食

妻子身体不好，打了电话，岳母一听，急忙进了城。于是，做饭就由岳母承担下来。每天买菜，别人一早去，岳母不，挨到傍晚再去。卖菜人走了，丢下一地菜帮子，她捡拾回来，频频摇头长叹道："这菜还能吃啊，怎么就丢了？"

我们劝，不能吃，不卫生。

老太太不，将菜用温水泡着，过一会儿捞起洗尽，或炒或调，做了吃,味道还真不错。可是,我告诉妻子,咱丢不起那人。妻子劝老太太,不行。我劝老太太,这东西吃了,对她女儿身体可是很不好的。

老太太长叹一口气,这才算了。

每次洗碗时,老太太都抢着去洗。于是,我们就不进厨房了。过了一段时间,我们总感到老太太有点神神秘秘的。那天洗碗,我悄悄进厨房一看,呆住了。原来,电饭锅煮饭,不比农家锅,米饭很难铲尽。过去,我们将锅底铲不尽的米饭用水一泡,一铲,全部倒掉。老太太不,用水一泡,一铲,将米饭用饭勺打起,倒入自己碗里,倒上开水,还有菜汤,一搅,呼噜呼噜几口吃了。

我说:"妈,你干啥啊?"

她忙说,她自己吃,不搅入大锅饭里。

我不高兴地说:"我们就缺你吃的那点饭啊?"

妻子听了,也赶来,道:"你怎么能吃那个啊,妈?"

老太太说:"这可是白花花的粮食啊。"

老太太说,倒了她心疼。

过去,听说妻子病了,她说她心疼。看来,在她心里,粮食和女儿一样重要。

老太太看我们大不以为然的样子,摇着头说:"你们啊,讨几天饭,就不会这么作贱粮食了。"

老太太小时,家穷,曾随着她母亲出去讨过饭。她说,那时,她们是不想出去要饭,怕折面子,可肚子饿,还是忍不住去了。有一次饿极了,他们家还吃过榆树皮。

老人道:"一日无粮,心里发慌。"

我们默默的,没说什么。以后再吃饭时,我铲锅,小心将米饭刮干净,一点儿不留。因为,我知道,身后有一双对粮食充满敬意

的眼睛，在注视着这一切。

她，让我尊敬起粮食来。因为，一日无粮，心里发慌啊。

下　套

那年，程豫到徐沟任县令。当时，是咸丰年间，天下混乱，犹如烧开锅的水，咕咕嘟嘟的，没有一刻安宁。不过，徐沟很安静，如世外桃源一般。因为，这儿没有兵事，很少匪患。程豫很高兴，就骑着一匹骡子，离开老家高坝镇，踢踢踏踏来到这儿。

可一到这儿，眼睛顿时瞪大了，因为整个徐沟，也是一片乱象。

最显眼的还是城墙，竟然被水冲毁了大半，扔在那儿。前任知县交接了手续，离开时，一抱拳对他说道："仁兄，没银子，这城墙就晾在这儿吧，铁打的衙门流水的官。"说完，挥手离开。

程豫站了一会儿，摇头苦笑。

他想，得赶快修城墙。

他想，过去和现在没兵灾，不等于以后没有。

可是，府库没银子，穷得叮当响。无奈，他只有募捐。差役将锣敲得哐哐，召集乡民。程豫溅着唾沫星子告诉大家，不修城，有了匪事，那可就危险了，到时躲都没地方躲，可惨死了。

讲完道理，开始募捐。

十天下来，募得的银子，还差一半。

可是，还得开工啊。

这天,徐沟县城"昌盛茶馆"里,茶客议论纷纷。有的人说,听说程县令准备将修城任务承包出去,这可是一笔大买卖啊。有的人说,谁能承包。旁边的人一努嘴,不是万家还能是谁啊?

老万家,儿子在朝廷做侍郎,和皇帝咸丰都能攀得上话的。因此,过去徐沟有什么大的工程,都是由万老爷子承包,让人去做,自己从中捞好处。至于别人,哪儿凉快到哪儿待着去。

这次也一样。

万老爷子进了县衙,坐下,一杯茶后,说明来意。程豫拿着茶杯,轻轻吹去上面的茶梗,喝上一口,闭着眼嘿嘿地笑。万老爷子一看,知道是什么意思,也嘿嘿一笑,从袖内拿出五千两一张的银票交给程豫道:"小小礼物,不成敬意。"

程豫接过,双眼眯在一块儿,当天拍板,工程由万老爷子承包。

所有徐沟人听了,都白着眼。

工程,正式上马。至于短缺的钱,程豫告诉万老爷子,万家先垫上,城墙修建好,自己马上摊派收款。万老爷子听了连连道:"要得,要得,不过我是要利息的。"

程豫也笑着道:"要得,要得,利息分文不少。"

可是,城墙修好,程豫就闭嘴不提钱的事了。万老爷子很火,翘着胡须,准备去县衙索要。这时,家人来报,万侍郎派出信使,从京城赶来,有信送上。万老爷子让信使进来,接了信件打开。万侍郎在信里道,几天前,徐沟知县程豫,专门写了折子,托地方大员上交朝廷,夸万侍郎人在京城,造福桑梓,自愿让老父捐款修建垮塌城墙,竟占总数一半,实为我大清官员的楷模。皇帝接到奏折,十分高兴,当着所有大臣的面表扬了万侍郎。

信使叮嘱,自己离京时,万侍郎反复叮嘱,修城的款子万不可

要,否则就是欺君。

万老爷子听了,呆坐那儿,许久哀叹:"这个程豫啊,给我下套子,我一生积蓄全垫上啦。"

信使忙劝,算了,就算给侍郎爷买个清白官声吧。

可是,万老爷子心有不甘,他想,修建城墙的钱就算了,可是,我贿赂的五千两银票,我得要回来。于是,他坐了一顶轿子,忽闪忽闪到了县衙。程豫笑呵呵迎接,听罢来意,让差役拿了一本当地富商捐款册子,打开,第一页第一人就是万老爷子的名字,除捐款修建一半城墙外,还另捐五千两银票。

万老爷子一抱拳,一声不吭地走了。

不久,真有盗匪来攻,面对坚城,办法用尽,也没进城,最终灰溜溜地离开。万老爷子第一个组织人,送了一块匾给程豫,上书"心平似水,烛照如神"。

至于自己上套,他捋着胡须道:"值!"

她拍的只是粉笔灰

白杨老师的笑很好看,如开放的花瓣。她的头发很长,斜铺在肩上,衬着花朵一样的微笑,显得格外净,也格外美。

那时,我已经十二岁了。

十二岁,已经知道美了。我说:"白杨老师头发一拂,那才美呢。"周阳在旁边听了,喊了一声,装作没听见。周阳和我争班长,因此处处和我过不去。

白杨老师上课时爱提问,提问时,会竖起一根长长的手指道:"听好了,我有一个问题。"然后,她一字一顿将问题说出来。再然后,喊人名,请站起来回答。

第一次叫我,就闹了一个笑话。

她竖起长长的手指,朗声说了个问题,然后说:"我找人回答了。"

大家都举手说:"老师,我回答,我回答。"

她一笑道:"请骆小盘同学起来回答。"

大家一听,都哗一声笑了,周阳甚至还嘎嘎地笑,我也红了脸。白杨老师长长的睫毛一眨一眨地问:"怎么笑啊?有什么错误吗?"在大家叽叽喳喳的解说下,她才明白,我不叫骆小盘,叫骆小山,周阳说我长得胖,像碾盘,就给我取了个"骆小盘"的绰号。

白杨老师听了,忙说声对不起,骆小山同学。

随之,她又一笑道:"别说,骆小盘三字还怪响亮的。"

大家又笑,她告诉大家,以后不许给同学取绰号,多不礼貌啊。她说话,爱用一个"啊"字,柔柔的,也如花瓣盛开一样。

私下里,我们争论白杨老师对谁最好。周阳一扬脖子说:"白杨老师对我最好。"我也说:"白杨老师对我最好。"

周阳说:"我看课外书,白杨老师见了,并没有没收。"

我白着眼睛说:"白杨老师也会那样对我。"

为了证明我的话,语文课上,我故意拿了一本武侠书看,看一看,我悄悄瞥一下白杨老师。白杨老师走过来,看我在看武侠,有些不高兴了,马上提了一个问题。一时,我站起来张口结舌,不知怎么回答。白杨老师说:"写检讨,以后上课不许看课外书。"

后排座位上,周阳"嘎"的一声笑了。

我一下火了,脸也红了。

我的试验失败了,我气呼呼地说:"偏心,昨天也有人看课外书,为什么不用写检讨?"

白杨老师眨眨眼睛说:"呵,看课外书还有理了?"

我红了眼圈,自顾自地道:"不就因为那个人的爸爸是局长嘛。"

我说的当然是周阳,他爸是局长。我认为,白杨老师这样做,一定是因为这。白杨老师望望我,没有说什么,伸手在我肩上拍了一下。

我忍不住哭了,喊道:"讨厌!"

她笑了,睫毛一挑问:"谁啊?"

本来我是说周阳的,因为,他在桌下悄悄用脚踢我凳子。但是,白杨老师这样一问,我偏不那样回答,偏要气她道:"谁打我,我就说谁。"

白杨老师没说什么,让我坐下了。

我狠狠擦了一把泪,咚一声坐下。

白杨老师讲课仍那么动听;她的微笑,仍花瓣一样。可是,我心中很难受,心想,她为什么要那样呢?她为什么要打我呢?她要是不打我一下该多好啊!

一直到长大,再到工作,那件少年时代的遗憾事,仍一直停留在我心中。

直到有一天,和周阳相遇,同学之间格外高兴,我们在一起渐渐又谈起那件事。他笑着告诉我,他当时恶作剧,写了一张条子,上面道:骆小山是小狗。

然后,他把纸条悄悄贴在我背上。

白杨老师不是拍打我,是拿下那张纸条,装入了兜中。

"她……为什么不说啊?"我问。

周阳想想说,她怕激起矛盾吧!

一时,我默默无言,我的眼前又出现白杨老师花瓣一样的微笑,很美,很洁净。我猜测,它将会美丽我的一生。有些人,有些事,就是如此,一旦进入心里,就会永远美丽他人一生。

湖荡的鸟鸣

六月,湖里绿了一片,绿的是苇草,是荷叶,是其他水草。水草下当然有鱼,有虾。水面上有菱角,青嫩嫩的,用手捞起,就可以生吃,味道青鲜鲜的。

水下呢,还有嫩藕。

这儿的湖泥很软,提一根荷梗,轻轻扯起来,就有一根藕,白嫩嫩的。用水一洗,吃上一口,满嘴莲藕的香味。

棒子捞了几个菱角,还有几个嫩藕,不是自己吃,是给小王叔叔的。

每次等待小王叔叔时,棒子都会这么做。等到芦苇那边传来两声鸟鸣,小王叔叔就会出现,来时,骑着匹大白马。小王叔叔吃着菱角,还有嫩藕。棒子就跑过去,羡慕地摸着大白马的鬃毛。

小王叔叔笑道,想骑?

棒子点头,当然。

小王叔叔老气横秋地说,小鬼,太矮了,脑袋高过马背时,才能骑。

棒子噘着嘴,暗地和白马比比,头刚刚挨着马背。

他想,再过一年就可以了。

可是,再过一年,小王叔叔却没再来,他牺牲了。那天,撑着一只小划子,棒子藏在苇草里,没有等来小王叔叔,几声鸟鸣后,他等来一个陌生人,是张叔叔。棒子忙问,小王叔叔呢?

张叔叔红了眼圈告诉他,小王叔叔遭遇了小鬼子,牺牲了。

棒子的眼睛顿时模糊了,远处的天,近处的水,还有苇草,还有荷叶荷花,都一片蒙眬。他喃喃道,怎么会?小王叔叔有大白马,又高又大,跑得飞快。

张叔叔叹息,小鬼子的东洋马比新四军的马更高更大,是纯种的蒙古马,跑起来比小王叔叔的大白马快多了。

棒子咬着牙,狠狠道,东洋马,真可恨!

张叔叔也点点头咬着牙说,我们要报仇。

报仇机会就在眼前。原来,张叔叔来,是传达上级命令,最近,一支新四军骑兵营经过这儿,准备和湖东新四军二团会合,端掉小鬼子碉堡。张叔叔告诉棒子,骑兵营来时,希望棒子能带路。

棒子高兴极了,说声是。

张叔叔拍拍棒子的肩叮嘱,小鬼,注意安全。

棒子点点头,送走了张叔叔,一日日撑着小划子,出没在苇丛里,等着骑兵营的到来。

骑兵营来时是个晚上,月光一片,罩着湖面。湖面浮荡着淡蓝的雾,苇草和荷叶在雾里如淡墨画的一般,朦朦胧胧的。

张叔叔带头,将骑兵营营长介绍给棒子。

骑兵营营长笑着夸棒子好样的。

棒子很高兴,看看这匹骏马,又摸摸那匹。骑兵营营长开玩笑说,没骑过吧?棒子使劲点头,傻傻的样子,逗得张叔叔都笑了。

湖里的芦苇丛中隐藏着一条暗道,可以行人,也可以行马,一般人不知道。

棒子手一挥,前面带路。

已经后半夜了,湖上月光变白。苇草深处,不时传来露珠滴落声,还有"咚"的一响,是青蛙跳水声。棒子带着部队,静静走着,走到一处湖湾处,"嘘"地吹响一声口哨,在其他人还没反应过来时,他已抱着张叔叔,"扑通"一声跳入湖里。

湖里月光顿时碎了。枪声响起,打破湖面寂静。

鬼子一个个在枪声中倒下,不一会儿,全被消灭。

新四军战士从苇丛里冲出来打扫战场,同时寻找着棒子。一片荷叶下,一个声音道,在这儿呢。随着声音,棒子浮出水面,拖着肚子已经灌满水的张叔叔。

张叔叔不是什么通讯员,是日军间谍大木三郎。

大木三郎一直想破获新四军交通线,就悄悄盯上小王叔叔,摸清一切后,枪杀了小王叔叔。然后,他扮成通讯员,哄骗棒子,准备带着日军特种部队,假扮新四军骑兵营,将湖东新四军一举歼灭。

他最终自投罗网,却弄不清自己究竟哪儿露了马脚。

棒子得意地说,是你自己告诉我的。

棒子说,大木三郎曾告诉自己,东洋马比小王叔叔大白马高大。当骑兵营出现,自己站在马旁暗暗一比,那些马都高过自己的脑袋。他终于清楚,他遭遇了日军。因此,发出鸟鸣,让提前准备的新四军出击。

大木三郎一听,傻了眼。

战士们押着大木三郎,迅速消失在月光下的苇丛中。月光慢

慢变淡了,照着湖面,苇丛里有只小划子,如一牙月亮,一晃一晃的。

热情如花

他是我同学。几年前,我们在师范读书。他爱唱,爱跳,很活跃,同时,有一点儿爱显摆自己。这和我性格不同,我爱写一点儿东西,性格内向。

我觉得,人应含蓄。

我劝他,沉默是金。

我说,有能耐,不张扬,那才是智者。可是,他显然不愿做智者,仍爱张扬,整个校园都是他的身影,他的声音。

也因此,我们的关系一直不冷不热,毕业之后虽在一城,也很少联系。

那天,他打来电话问我:"老同学,讲课吗?"他问的是晋级的事。我们所在市里,要晋级的人,一年必去市里讲课一次。

他说他也去讲课,问我去吗。我当然去,他让我坐他的车去。他说,他妻子也去,一块儿玩玩,怂恿我也带着妻子。

末了,他说,他的车十几万,特享受。

他还是爱显摆。

我沉默着。他说:"就这样,明天接你们。"说完,关了手机。

第二天,楼下有喇叭声,他的手机同时打来,让快下楼。于是,我和妻子下楼。他的妻子坐在前面,一个很青葱的女人。当他听说我妻子晕车时,忙让自己老婆坐后面,让我老婆坐前边,补充一句:"她坐惯了车,不晕。"

他老婆笑着,点着头。

一路上,他嘴里不停,谈的都是自己的工作。看我不语,他劝:"老同学,讲课有什么了不得的？放心,手到擒来。"

我一笑,仍不言。

到了地方,住下来,两个女人在一块儿聊。我们去报名,去抽签,去交一百元钱,然后,去讲课。我讲好,下来,他一定不许我走,说:"老同学,旁听一下,看你的老同学讲得怎样。"我无法,只有待在外面,他一脸阳光地进去。

他又讲又写,一脸的笑。别人把这当受罪,他倒好,当成显示自己的舞台。

结果,他得分第一。

他一边走一边对我说:"老同学,你别把他们当老师,当学生得了。"言辞之间,竟然在教导我。我听了很不爽,毕竟,我是一个也有点成就的作家啊,他小子把自己当什么了。

回去的路上,他一路笑着,谈起讲课的事,谈起他的成绩,谈起我的失误。他说,自己竟打败了自己的作家同学,光荣啊。

说完,他打了个哈哈。

不过,他的哈哈马上停了。透过大雨,他望着前面说:"出车祸了。"说完,他停了车。

我急了:"大雨,走吧！"

他回过头望我一眼,说怎么能走啊,遇见这事,无论怎么也要去看一下。说完,他还补充了一句:"这是一种规则。"我心说,烧的,是你自己订的破规则吧。

我猜测,他一定会以专家身份,下去指手画脚一番。

他下了车,我也跟着下了车。

车祸离一座桥不远,一辆小车仰在路边,一个拦路的水泥墩被撞碎了,车子面目全非。几个人躲在桥下浑身瑟瑟着,他问:"谁啊,谁开的车?"几个人指着一个女孩。女孩脸色寡白,要哭不哭的样子,他交警一般道:"你啊?"

女孩点点头,眼圈红了。

他说:"没什么,车坏了,人没事就好。"

另几个人点头,连连说是的。他又跑过去,看看车子,又看看水泥墩,又跑回来问女孩:"没伤着?"

女孩点点头。

我们往回走,进了车坐下,他说:"不行,那女孩要去检查。"

我说:"人家说没什么。"

他摇头,说撞击力度那么大,常常会震伤五脏的,有的颅内会出血的。他说他有个同事就是那样死的。说完,他又下了车,跑到那儿指手画脚的,不知怎么说的,竟劝动了女孩。然后,他跑过来让我们下车,在桥下等着,他将女孩带回城里医院去。大概看我不耐烦,他一笑说:"走,一块儿吧!"

反正没事,我跟着上了车。

车到市内医院,女孩去检查。不一会儿,女孩的母亲匆匆赶来,连连谢谢,说女孩颅内出血,医生说,如不是检查,一旦发作,就回天无力了。女孩母亲拉着我的和他的手,连连谢谢。他笑着说:"都是开车人,谁没一点意外?"说完,一挥手招呼我上车走了。

车到桥下,我的妻子和他的妻子上了车,冻得嘴唇发白。听了他的话,两个人都很高兴。他更得意,一拍我的肩道:"老同学,救人一命,胜造七级浮屠。"

我一笑，仍没说什么。

他一脸阳光，谈着自己的感受，说救人的感觉真的很好。

事后，谈起这事，老婆说："你同学那不是显摆啊，是热情。"

我点着头，第一次为有这样一个同学感到骄傲。是的，那不是显摆，是热情：显摆生长的是肤浅，热情绽开的是善良和美好。

生死战友

经过那道险峻的大山时，他遇见这只猴。猴很小，甚至还没长什么毛，围着母猴吱吱地叫着，十分悲伤。母猴已死，显然被流弹击中的，倒在地上，流淌着一地的血。

他眼圈红了，泪水流了出来。

他抱起这只小猴，进了军营。

营长见了说，送人吧！

营长解释说，没粮食喂它的。

他摇着头紧紧地抱着小猴。他说，自己可以分一点食物喂猴。营长不答应，他自己都不够吃，怎么给猴？他哭了，流着泪求营长，小猴的母亲是被日军枪炮打死的，成了孤儿，很可怜的。

战士们听了，都红着眼圈望着他。他才十五岁，父母是在日军的一次扫荡中死去，他也就成为孤儿，进入了部队的。

营长眼圈也红了，拍拍他的肩道，别哭。

营长接着命令，坚决不许他一个人省饭喂猴。

营长道，我们三营一起养着它吧。

于是,小猴就留在了三营,就有了个乖乖的名字。乖乖近人性,跟着战士们一块儿生活,渐渐就熟悉了军营的规律:战士们睡,乖乖就睡;战士们忙着操练,乖乖也睁大眼看着,然后就跳上跳下练两下,惹得战士们嘎嘎乐。营长见了,也乐了道,精怪!

那次,是一场阻击战,战士们杀了三天三夜,倒下一批又一批。

他赶来送信,一见就红了眼。

当时战场上已经展开白刃战,他咬着牙,大吼一声,面对冲上来的敌人,拿了一把大刀冲了上去。

十五岁的他力气较弱,不是敌人的对手。

就在一把刺刀闪着寒光要扎到他的胸膛时,一个黑影一闪,小鬼子一声惨叫,扔掉枪,捂住双眼又叫又跳,满脸是血。

小鬼子的眼睛被抓瞎了。

那个黑影,当然是乖乖。

他来送信时,乖乖也跟着。

面对已经习惯的枪炮声,乖乖一点儿也不怕。

他和乖乖一起,消灭了一个鬼子,夺下一把三八大盖。

回到军营,战士们知道后都跑来,围着乖乖叽叽喳喳地赞叹着,有的战士特意跑来,希望带着乖乖到自己军营去显摆一下。他摇着头,坚决不答应。营长也跑来了,点着头道,这小猴,还是高手啊。说完,营长伸手去摸乖乖,乖乖一跳,躲在他的身后,眨巴着眼睛打量着营长。

大家都哈哈大笑,营长也哈哈大笑。

以后,战士们更离不开乖乖了。

他,更是和乖乖形影不离。

也就是在百团大战那会儿,他已成为一个二十岁的老战士,一把大刀在战场上闪着寒光,遇见日军,刀刀见血,刀刀毙命。

五年的时间,他已成为八路军中著名的无敌刀王。

乖乖也已经长成一支壮猴,仍紧紧跟着他。

乖乖已学会了搬运枪弹。战场上,它不时地抱着几颗手榴弹,或者子弹袋,蹦蹦跳跳地出现在战士们身边,从未出过什么事。

可是那天,它突然扔下了手榴弹。以动物的第六感觉,它感觉到了危险,眨巴着眼睛四处望着。

是的,是一个日军狙击手。

这个狙击手,是专门伏击他的。

狙击手躲在草丛中,一双雪亮的眼光闪着寒光,一杆枪毒蛇一样伸出,悄悄瞄准了他,扳机轻微一响,咔的一声,一颗子弹呼啸着射出。几乎同时,乖乖身子一弹,如一道影子飞过,挡在了他的面前。

在一声凄厉的响声中,乖乖倒下了。

他的刀几乎同时飞了出去,划过一条弧光,在一声惨叫中,将那个狙击手钉在地上。

他俯下身,抱起乖乖,泪水长流。

乖乖已闭上了眼,停止了呼吸。

部队撤离时,战士们庄重地将乖乖下葬,他流着泪,在墓前专门为乖乖立了一块木牌,上书:抗日战士乖乖之墓。

值钱的谎言

现在,这儿成了茶乡。可是,从库区搬来的时候,这儿并不是这样的。山上多的是杂木,有的地方什么也没长,光秃秃的。

大家更不会种茶,因为,过去没有种过。

大家说:"那不是闹着玩的吗?胡来。"

我笑笑,没有说什么,弄了几斤茶籽种在阴坡的一片沙子地里。不久,一场春风一吹,一场春雨一下,一棵棵茶树长出来,叶子嫩嫩的,水洗过一样。茶树长大些了,我采回一些叶子,用手揉制好,一泡,绿绿的茶汤,很醇厚。村人尝了,都说好,可仍不种,摇着头说,花那样的功夫,还不如买茶喝。

我仍然微笑不言,第二年弄回几麻袋茶籽,种在自己的山坡地里。

两年后,一块茶园形成了,绿呼呼的一片,风儿一吹,一层层绿波,如绸缎一样,很是好看。大家都说,这么多茶叶,喝不完只有沤粪。

我告诉他们,我早就准备好销路了,我和自己林业局的同学刘山联系好,茶叶采了,请他联系销售。

那一年春夏采摘结束,我和妻子都乐呵呵的,买了辆摩托,整日骑着呜呜上呜呜下的,很是风光。

大家见了都很羡慕,摸摸车子这儿,又摸摸车子那儿。

我一笑说:"想买摩托,种茶啊。"

有人心动了，暗暗打听，问我今年卖茶挣了多少钱。问到妻子，妻子只是笑，就是不说。我忍不住了，在旁边不满地说："干吗藏着掖着啊？"说完，伸出五根手指。

对方不屑地问："五百？"

我气坏了，反问："五百能买摩托啊？"

"五千？"他又问。

我又白了他一眼，告诉他，胆子怎么那么小，针眼大，五千也值得夸耀啊？他睁大了眼，走了。当天，一个村子都轰动了，大家纷纷传言，我的一块茶园，一年收入五万。

一村人听了都啧啧称叹。

甚至，一些一块长大的同伴跑来，怂恿我庆贺一下。我想想，点点头，当天就包了一场电影让大家看。大家都有电视了，早已不看电影了，可是，这一晚上，听到我还邀请了自己的同学刘山来，就都一个个赶来了。天一黑，村部前面的场子上热热闹闹的，大家又重温了一次当年看电影的热闹。

我笑着，一个人一个人地打着招呼。

放映前，我特意讲了几句话，告诉大家，今晚包电影，不为别的，是因为我的茶园挣了点钱，特地庆贺。同时，也为了感谢我林业局的同学刘山，是他供给我茶籽，没有他的支持，也就没有我的茶园。

刘山听了，一脸微笑，站起来在灯光下连连拱手谦让。

大家一听，纷纷围上来，叽叽喳喳地询问刘山，还有茶籽吗？能给自己一点儿吗？

刘山连连点头，告诉大家，茶籽有的是，只要说声要，一准送来，分文不收。

大家听了，都乐呵呵的，纷纷报名，报出自己需要的茶籽数

字。至于电影里放映的什么,早已丢到脑后去了。

刘山拿出个小本子,微笑着在灯光下一一记下,装了起来。

第二年春天一到,一辆卡车开进村,一袋袋茶籽送来。大家兴高采烈地涌过去,围着汽车,下了茶籽,背上山坡,忙碌起来。山这边山那边,一片笑声。

不久,春风一吹,春雨淅淅沥沥地一下,地面上,星星点点的绿冒出来。不久,那绿就一簇一簇的,绿得特别耀眼,特别明目。

茶叶满山后,一片青绿,如绿色的缎子,铺满了村子的山山岭岭。那绿色荡漾着,让村子也仿佛浮荡在一片绿色里,浮荡在一片茶香中。村里的村民,也变成了茶农。此时,我也忙碌起来,盖起厂房,买了制茶设备,办起茶厂。清明前后,一场春雨,茶农们忙起来,一筐筐的茶叶摘下,送来,数着钱,乐呵呵地离开。可是,第一年的收入并没我当年说的那样多。大家纷纷询问原因,是肥少了,还是管理不到位。

我告诉他们,都做得好。

"可,茶叶收入没你当年的那么猛啊?"大家问。

我笑笑,告诉他们,当年,我也没收入五万,是三万。

"那——你为什么胡吹,还包电影?"有些同伴不解。

我得意地回答:"不这样,你们会种茶吗?能变成茶农吗?我和刘山的茶厂能办起来吗?"

其实,刘山不是林业局干部,是个茶老板。

我考察了小村土质气候后,认为能种茶,就给他去了封信。他来考察,认为不但长茶,还是优质茶。可是,这儿村民守着地,无论怎么劝说,就是不愿种茶。

于是,我想了这么个办法。

随着茶厂办起,水泥路也进村了,而且顺着茶山盘旋着,一直上了山顶。茶农采茶,再也不要流着汗水背回去了,在茶林外面,茶叶就被茶厂收购,拉走。

现在,我们的茶已销往全国各地。

一个谎话,富裕一村人。这个谎话,值!

自梳女

她很美,很洁净,如一朵莲淡淡地盛开。笑时,笑纹从脸颊漾开,一圈一圈,荡漾到腮边,到耳旁。那一刻,风静了,鸟儿也停止了叫声。一切,都那么安静美好。

她坐在树下,绣着鞋垫,一树桃花红了,两只长尾鸟叫着,叫活了一片春天。然后,她水汪汪的眼睛就望着远处,一直望向山的那边水的那边,望得很远很远。

村人说,她人大了,有了心思了。

村人说,找个婆家吧,女大不中留的。

于是,媒婆一个个进门,说张家的孩子好,一人能拉转一头奔跑的牛;说西村的小伙子俊,活脱脱就是一个周瑜——周瑜谁见过?没人见过,可是,这儿人爱用一千多年前的古人作比。她听了,红着脸不说话,仍然绣着花,长长的睫毛一眨一眨的。

突然,针一晃扎了手指,一颗血珠落下,落在白布上,慢慢洇染开。她就着血迹绣两朵花儿,并蒂的,一朵直挺着的,一朵斜倚着。

娘催促说:"闺女,你倒是说话啊。"

她不说话,睫毛上挂着两滴泪,滑下来道:"不嫁。"

媒人好心地劝:"过了这个村,就没这个店了啊。"

她仍是一句:"不嫁。"

媒人无奈,拍了一下腿,长叹一声,转身走了。娘瞅着她,许久许久问:"闺女哎,你倒是看中了哪一个?"

她摇摇头,表示谁也没看中。然后,她突然倒在娘的怀中,轻轻抽咽起来,不停地说:"我不嫁,我就是不嫁,我谁也不嫁。"娘忙拍着她的肩,连连道:"不嫁,好,闺女守着娘。"娘以为,她只是这样说说,自己也只是随便应应。谁知,第二天,她进入家族祠堂,当着族人的面,用一把木梳,将自己黑云一样的长发,梳成辫子,高高地盘了起来。这,在这儿叫自梳女。自梳女这样做,表示终身做女子,绝不嫁人。在祠堂做了自梳女,态度更坚定,等于对着族人祖先发誓,绝不出嫁。

村方圆几十里的后生听了,一个个长叹一声,霜打的茄子一般,没了精气神。

娘又惊又急,流着泪说:"闺女,你这是干啥啊?"

她靠在娘怀中,轻轻一笑:"陪娘啊!"

娘试探着说:"傻女子,你绣那些鞋垫,倒是给谁啊?"

她脸红了,眼睛望着村外的远处,一言不发。

在心中,她想,他总有一天会回来的。到时,自己就将鞋垫送他。

可是,他回来时,却被绑着,浑身是伤,一只腿断了,被一队小鬼子拖着,一直拖到村子。他微笑着,望着被聚拢的村人。大家一惊,这不是村学校的教书先生吗?这是怎么啦?一个日军军官呜里哇啦吼了一通,接着,一个翻译弯着腰,翻译了一遍,村人们才知道,教书先生离开,是去组织百姓,参与了一场对日军的暴动,让日军死伤一片。最终,在日军反扑下,抗日队伍撤退,教书先生留下阻击小鬼子,受伤被俘。

日军将教书先生拉来,就是为了杀一儆百。

面对刺刀,教书先生微笑着,一声不吭。

然后,枪响了,教书先生倒了下去。

人群中,她浑身一瘫,也倒了下去。

日军走后,村人才知道,她是有相好的,就是教书先生。教书先生走时,是在一个夜晚。教书先生说,自己这一走,脑袋就拴在裤腰上,让她重找一个好人嫁了。她说:"不,我等你,等你打走东洋人回来,我做你的新娘。"

这些,她当然不敢告诉村人,怕暴露了教书先生。

因此,她做了自梳女。

村人听了,一个个叹息着,轻轻摇摇头。

教书先生死去的第二天,她不见了。大家在教书先生的坟前,看到一小堆灰烬,有未烧完的,竟然是鞋垫。鞋垫上,隐约仍能看见两朵花,一朵直挺着,一朵斜倚着。

以后,村人再未看见她。

在珠江纵队中,不久出现一个女战士,短发齐耳,手执双枪,百发百中,打起鬼子毫不含糊。从纵队回来的村人说,那,就是她。

妙 方

梁野山有座寺,很小,藏在白云里。庙里只有一僧,整日除了打坐,就是下山治病。

僧人一根银针,一把草药,赢得"活神仙"雅号。有一次,有一妇女怀孕,十月已过,腹大如鼓,胎儿就是不降生。老僧一见,说无妨。拿一根银针,在女人脐下一针。不一会儿,婴儿哇一声出生。婴儿唇边,有血珠一粒,擦净,有个小小的针眼。

老僧解释,小家伙懒,在娘胎中睡着了,一针扎醒,才降生的。

可老僧口碑并不好,原因无他,贪!

老僧制出一味药,命名"还魂丹",视若珍宝。他告诉他人,这是自己在梁野山上采集九九八十一种草药熬制,有还魂之效,能救人一命。

这不是吹,是真的,大家亲眼所见。

那年,赵尚书官运亨通,官居一品,回老家宴请乡绅,大摆筵席。赵尚书不顾年届六十,桌桌敬酒,举杯相陪。客人离开,赵尚书一跤跌倒,口吐白沫,酒气熏天,不省人事。

醉酒之人有明醉,呕吐一番,酒气散尽。还有一种是暗醉,不呕不吐,酒在体内,难以挥发。

赵尚书就是暗醉。

这种醉法,严重的,会要人命。

赵尚书儿子急得直跳脚。

到了晚上,赵尚书只有出的气没有入的气,家中开始准备后事。这时,门外一声阿弥陀佛。老僧来了道,这叫暗醉啊。赵尚书儿子哭起来道,人死了,没救了。老僧说,没死。赵尚书儿子一听,忙道,救救我爹啊,活神仙!

老僧说,我有"还魂丹",可得出钱买啊。

赵尚书儿子问多钱,老和尚伸出五指。赵尚书儿子问,五千两?老和尚摇头,五万两。

赵尚书儿子说,老和尚,你抢劫啊?老僧闻言转身就走。赵尚书儿子忙一把拉住道,五万就五万。让人拿了银票,一颗"还魂丹"到手,捏碎,给赵尚书灌下去。一个多时辰后,赵尚书打个喷嚏,醒了。

当地人听了,都傻了眼。

一日,朱四奶奶病危,朱四忙去寺庙,"咚"一声跪在老僧面前,求一粒丸药。老僧听了道,有银子吗?五万两,拿来!

朱四没钱。老僧说,没银子不行,不过,老僧可以治治。

他拿了药箱,去治,怎么也治不好,朱四奶奶死了。

朱四气得扯着老僧衣领喊,为什么不拿还魂丹啊?

当晚,有蒙面人进了寺庙,抢了两粒丸药跑了。这人是朱四。朱四将一粒丸药捏碎,想法灌给死去的老娘。可朱四奶奶怎么也没醒来。朱四不解,拿了另一粒,请城里的名医看。名医拿了研碎,尝尝道,什么还魂丹,是一些草药制成的。

朱四问,不能还魂?

名医摇头,能治病,要还魂,悬乎!

消息一出,赵尚书知道上当,白白损失五万银子,他大怒,让人抓了老僧,狠狠敲打,索要银子。老僧血肉模糊,留下一偈:五万白银,未入佛门。时逢年馑,普救众生。说完,低头不动,一探

鼻息,已圆寂。

当地人大悟,这两年年馑,家家门内常有银两出现,不知何处来的。原来,是老僧以五万白银,救活一方百姓。

这是宋朝时的事,现在这寺已很大了,就是梁野山寺。

喝醉的狗

王副局长的狗同王副局长一样,有些欺弱怕强。在局里,这狗见了职工,龇牙咧嘴,大声咆哮。到了李局长面前,奇了,摇着尾巴,一会儿舔李局长的鞋,一会儿衔李局长的衣角。喜得李局长拍着狗头说,有灵性,有灵性。

这只狗对李局长这样,对李局长的那只小哈巴狗也是这样,前后奉迎,巴结讨好。

外人不知道,其实,这都是王副局长鞭敲棍打出来的效果。每次,这只狗朝着李局长和他的小哈巴狗凶一次,王副局长回去后,就把它捉住,朝死里打一次。狗也怕打,时间长了,也有了记性。

其次,这一主一狗都会喝酒。狗开始也没有酒量,是王副局长训练的,拿一杯酒,让狗张开嘴,倒进去,开始狗还不太情愿,可喝一杯酒,就有一只鸡腿。不久,狗的酒瘾就上来了,放开量,能喝半斤。

这天,是元旦,局里会餐,全局职工参加,王副局长的狗也跟来了。

王副局长那天喝得高兴了,也为了博李局长一乐,就让他的狗在李局长面前表演喝酒绝技,一杯一杯又一杯,看得李局长呵呵直乐,喝得那只狗东倒西歪。

宴会即将结束,王副局长发了酒疯,王副局长的狗也发了酒疯。

王副局长在桌上拉住李局长的耳朵,就往嘴里灌酒,灌又灌不准,一杯酒全倒进李局长鼻孔里,呛得李局长的脸都成了猪肝色。王副局长还不依不饶,说,一个破——破局长有啥了不得,鸟大个官,我是——不当。——不然,早干上了。

气得李局长一拂袖,走了。

最了不得的,是那只大狼狗,酒后露真相,不咬别的鸡啊猫啊的,偏瞄上了李局长的小哈巴狗。那小东西看见大狼狗一溜歪斜走来,还以为老朋友又来舔鼻尖呢,就伸过头去。谁知那家伙把平日挨揍后的仇恨都积压在胸中,借酒劲发泄出来,过去一口,那么小一只哈巴狗,一伸脖子,就死了。

第二天,一人一狗酒醒,都吓得不轻。人请了病假,狗藏了踪影。

一直过了近一周,王副局长才来上班,如霜打的茄子,小心翼翼地来到局长办公室,敲敲门,进去。

李局长抬抬眼皮,说,病好了?

王副局长忙点头,说:好了好了,今天特来向局长赔罪的,那天喝多了,请局长大人大量,别记小人之过啊。

局长说,我怎么敢记你的过,我,鸟大个官。

王副局长忙道,局长,我那是醉话、胡话、狗屁话,你别往心里去。

酒后吐真言。李局长翻了一下眼皮说,而且越说越气,想起自己那只小哈巴狗,小小的,多讨人喜欢啊,竟然被那只大狼狗一口咬死,你人会报复,狗也会报复嘛,啊?去,把你那只狗找来。

它——它来了,局长。王副局长弓着腰,闪开身。

身后,站着那只大狼狗,这会儿威风全无,眼角里一滴滴滚出泪来,两只前腿突然一曲,跪了下去,俯首帖耳,做出一副悔之莫及的样子。

李局长傻了眼,许久,摆摆手,你们这一对搭档啊,我怎么说你们呢?去吧去吧。

一人一狗站起,点点头,轻轻走出。

离开李局长办公室,王副局长擦擦头上的汗,心说,这六天,请了个马戏团的演员驯狗,给了三千元,没白花啊。

告　状

公安局进了石井组。一时间,石井组人闹哄开了,一个个冷着的脸,现在都露出了笑,像云破月来的一丝丝光线一样,干净,明亮。

石井人前段时间冷脸,是气不顺啊。

石井是个小组,牛尻子大,窝在一个山沟里,四山一围。这么小的村子,却茶叶遍山,一趟一趟儿的绿,像是水洗过一样,映绿村子,映绿了鸟鸣,也映绿了声声山歌和笑声。

这,是退耕还林的结果。

退耕还林,上面是给钱的,每家每户都有。可是,这次,石井人把钱领到手,私下一打听,和邻组的不一样,几乎每户都少了二百来块。

不用问,这钱让组长朱记挪用了。

石井人很生气,就去找朱记。朱记老婆说,朱记走了,打工去了。

"这还行,这不是贪污嘛?"石井人一个个气愤地说,唾沫星子喷得老高,泛着亮亮的光。

于是,石井人派出代表,拦一辆车,上县里把朱记告了。这个代表,就是石根。

于是,公安局就进村了。

大家想,这次,朱记算惨了,大概要坐黑屋吃牢饭的。

王婶站出来,滥充好人说,让他还了钱就算了,都是一个组的嘛。

五爷也点着头,喷口烟道,对哩,一个组哩。

石根不同意,眼睛一白说,不,绑一绳子。

石根生气,石根生气是有原因的,这次竞选组长,说好是自己的,可是结果出来,竟让朱记得去了,因此一直顺不过气,腮帮子一鼓一鼓的,蛤蟆一样。

可是,公安局的人来了后,第二天就走了,走时开会告诉大家,人家开了欠条,放在老婆手中,说回来就还。

说完,公安局的人让朱记老婆拿了朱记走时留的欠条,一张张送到大家手中,并当场表决,朱记回来后一准还钱,不再拖欠。

大家都是左邻右舍,告后就后悔了,现在一听,都嘘口气,一个个接了欠条。

王婶拿了,五爷也拿了。

石根不愿意接,可又碍不过面子,他的脸拉得老长,驴脸一

样,告诉大家,自己的就不说了,自己哥哥石牛的,还不知咋整。"我哥一个光棍,还供着一个读大学的儿子,朱记这家伙如果连他的也扣了,这德就缺大了。"

大家听了,也都点头长叹,好在石牛也出去打工了,大家只有不了了之。

下半年年底,石牛回来,一家一家还钱,一家一家感谢。

原来,朱记挪用那钱,不是自己花了,是借给石牛用了。石牛儿子上大学,拿不出一分钱,手里穷,也借不来。朱记知道了,宽解他说:"这是我们组考出去的第一个大学生,是好事,我来想办法。"

于是,他就想了那么个办法。

一组人知道了,都低下了头。其中,石根的头低得更下。

臭　弹

南寨在高坝古镇对面山上。这儿山很高,林很密,一棵棵松树都有合抱粗。这儿,垒着高高的石墙,雉堞隐然,被一股强人占据着。

强人,就是土匪。

强人的大当家名叫刘一枪,因为靶头准,有一把盒子枪,指哪儿打哪儿,弹不虚发,所以有这个外号,名字反而没人叫了。

本来,在南寨,他是二当家的。

大当家的是石大胆,这小子带人抢劫,远近通吃,得了财物,胡吃海喝外,全送到几百里外郧西的一个窑子里,扔到一个叫"小飞仙"的白嫩肚皮上去了。至于山上兄弟缺衣少穿的,他才懒得管呢。

刘一枪特意劝他,别这样,替兄弟们想想啊,大家因为吃不饱肚子,才将头拴在裤腰带上,跟着大哥搞这营生的,别把弟兄们舍命弄来的东西不当东西啊。

刘一枪一劝二劝,不但不见效,还惹得石大胆起了杀心。

那个晚上,刘一枪刚劝罢转身,听到后面有枪机声"咔嚓"一响,接着"啪"一声子弹飞出。刘一枪大叫一声倒下。石大胆哼哼一笑,吹了一下枪口的蓝烟,走过去,弯下腰检查刘一枪的尸体,一支冷冰冰的枪口却对准他额头,"啪"的一声响,石大胆睁大眼睛倒在了地上。

至死他也没弄明白,自己究竟是怎么死的。

原来,就在枪机"咔嚓"一响时,刘一枪已飞快倒下,假装死去,子弹打到门外的夜空里去了

石大胆死去,刘一枪当了大当家。他订的第一条山规是:有了财物兄弟平分,不许私藏,不许贪污,不然,自己认人,子弹不认人。

兄弟们一听都很高兴,没有不遵从的。

可是,二当家的却不遵从,竟悄悄偷盗财物。

二当家的是在一个黑夜被抓住的。当时,他趁着夜色刚走下南寨门,下到一个沟槽里,就被放哨的兄弟发现了。大家不知是谁,一声喊扑上去抓住,接着一愣。这时,刘一枪恰好也赶来,打开二当家肩上的包袱,白花花的都是袁大头啊。二当家专管山上粮银,也就是内管,他做贼,还不将山寨偷出个大窟窿。刘一枪带人一查,顿时瞪大眼睛,整个山寨收入的一半,凭空没了影儿。

刘一枪让人捆来二当家的，"哐"的一声将枪拍在桌上道："兄弟，我认你，枪不认你。"

二当家的低着头，一声不吭。

二当家在山上人缘好，弟兄们有个什么头痛脑热的，他都想法下山搞药；大家手上缺一点零用钱，他都会拿出自己的垫上。因此，大家听说刘一枪要处死二当家的，一个个赶来为他叩头求饶。

刘一枪愣愣，阴阳怪气地道："二当家的，你人缘好得很啊，看来我不饶你，是和兄弟们过不去了。"

刘一枪说到这儿，眼睛转了转，冷哼一声："家有家规，国有国法，寨规不能破！"

他说，二当家的能否活命，就看他自己的造化。

在大家大惑不解中，刘一枪告诉大家，二当家的站在十步外，自己开枪，枪膛放一颗子弹，如果一枪命中，是他命该如此，兄弟们也怪不得自己心狠手辣；当然，如果子弹落空，就饶他不死，绝不放第二枪。

大家一听，再次睁大眼。

刘一枪百步穿杨，十步内能击不中二当家的？

大家怀疑，刘一枪一定是知道二当家的人缘好，怕他日后夺权，才下此狠手，以绝后患。

大家望着二人。

二当家的按照规定转身，走了十步，站定，慢慢闭上眼。刘一枪缓缓举起枪，眯着一只眼，瞄准二当家后，扣动枪机，枪机"咔擦"一响，子弹没飞出来。他愣了一下，狠狠道："娘的，臭弹！"

二当家的一愣，缓缓睁开眼。

兄弟们都鼓起掌来。

刘一枪狠狠一挥手,大吼道:"该你命大,滚下山去,以后不许再出现在我面前。"

二当家的回身一抱掌,又对大家一抱拳,转身走了。

刘一枪回房一笑,其实,他早知二当家的偷盗银圆。近年,高坝镇一带旱灾频仍,百姓难以为生。二当家的盗了银圆,下山救济百姓。

对准二当家的那一枪,枪膛里根本就没子弹,是空的。

消失的顾大刀

高坝是一个古镇。镇在山阳城东边二十多里的地方。这儿,四山一围,一条名叫银花河的水白白净净地流着,在镇前一直流向山的那边去了。

位于山水间的高坝街,如一条长蛇。

这儿,是去西安府的陆路要道,从南方上来的客商,在不远处一个叫漫川的地方的水码头停船,下了货物,用马车装了,鞭子一甩,半天工夫就到了这儿,住店休息,明天再走。从西安府去武汉,也是在这儿住宿,第二天动身去漫川。

因此,高坝镇人烟稠密,十分繁华。

郭家大院,是高坝镇最大的客栈,客商来此,必来此店居住,尤其乱世,更是如此。因为,郭家大院四墙一围,十分牢固,等闲山匪,无法进入。

郭大爷会刀枪,还有一群徒弟,一个个舞刀弄枪的,也很

厉害。

大家住在这儿,谁有胆子来强抢货商。

可也有不信邪的,是丰阳大匪顾大刀。顾大刀仗着一柄刀,带着一群兄弟打家劫舍,官兵追捕,奈何不得。而且这个顾大刀上阵冲锋,不声不吭,面蒙黑纱,十分勇敢。也因此,从无人见过他的真面目。

这天,顾大刀将信送给郭大爷:不许保护客商断我财路,否则,死!

郭大爷一笑,撕了书信。

顾大刀发下狠话,十天之内,一定打下郭家大院,取郭大爷项上人头。

郭大爷一笑,仍如往常,无事时背着手上街闲转,东看看西看看。这天,刚走到街心,突然听到众人传来惊叫声,他忙问怎么回事。有人告诉他,一卖唱女子,带着一个小儿,走在这儿,女子突然晕倒,小孩吓得哇哇大哭,十分可怜。

郭大爷听了,忙走过去看,果然如此。

一街人围着,都叹息不已。

郭大爷看出女子是饿昏的,忙叫人拿了豆浆给灌下。不一会儿,那女子悠悠醒来,流着泪告诉大家,自己丈夫被逼债寻了短见,自己带着儿子逃难到这儿,几天没吃饭,以至于饿晕过去。

一街人听了,再次长叹,都望着郭大爷。

郭大爷也长叹一声,告诉那女子,既然无处可去,就带了孩子住进郭家大院吧,放心,有自己吃的,就有你们母子吃的。

一街人听了,都连连点头。

女子也感激不尽,带着小儿进了郭家大院。

女子很勤快,洗衣抹桌,样样都干。

但是好景不长,几天后,顾大刀的人捎来口信,十天已到,今天晚上一定打下郭家大院,鸡犬不留。郭大爷听了,想了想,叫来那女子,长叹一声告诉她,本想留她住在这儿,可强人来攻,只怕到时玉石俱焚。

郭大爷说,你们还是逃命吧!

女子说"不",叩头要求留下。

郭大爷说,孩子还小,不能受害。说完,让下人拿了五十两没开封的银子,交给女子,告诉她,别走大门,外面已被围住。说完,他引着母子二人从地下通道出去,反复叮嘱,这条路是一院子人的逃命路,千万保密,不要泄露出去。

女人流着泪,连连答应,带着小儿离去。

当天,顾大刀的人马撤走了。

就在大家大感不解时,家丁送来一包东西,是顾大刀给的,打开,是一锭五十两没开封的银子,竟然是郭大爷送给那对母子的。银子上放一纸条,上写:盗亦有道,不伤仁义之人,不扰仁义之地。

郭大爷怔怔许久,长叹一声道,谁能想到,顾大刀竟然是个女子啊!

是的,顾大刀不是男的,是一个女人,在丈夫被逼债死后无路可走,带一队人打家劫舍,过起盗匪生活。对于郭家大院,她知道很难攻下,于是,化装一卖艺女子,带着孩子,趁机混入大院,想里应外合攻下大院。可是,她自己终被郭大爷以仁义感化,放弃计划。

以后,顾大刀不见了。

高坝一代也再无匪事。

神　药

　　程豫是在一个早晨病倒的。当时,他早早起来,泡了一壶茶,坐在椅子上,刚喝了一口,大叫一声,瓷壶落地,摔得粉碎。他自己也口吐白沫,倒了下去。一家人顿时慌了神,忙七手八脚将他抬到床上,找来医生救治,可来了几个名医,望闻问切之后,都捋着胡须摇着脑袋,找不出病因。

　　一家人急得团团转,一个个唉声叹气的。

　　这时,程豫沉吟了一声醒了,病显然仍没有减轻。他听了医生们的话,轻叹一口气,吩咐儿子道:"准备后事吧,医生治得了病治不了命!"

　　儿子一听傻了眼,望着他流着泪。

　　整个高坝镇人听了,也都傻了眼,一个个红了眼圈。

　　程老爷子年轻时离家,在外仕宦,最后官居四川布政使,算得大官,也是高坝镇走出的最大的官啊。最主要的是,程老爷子为官一生,清风两袖,让古镇的人感到很有面子。他回来后,整天乐呵呵的,和大家聊天下棋的,多亲热啊,怎么说不行就不行了啊?不行,得治。

　　可是,名医尚且不行,其他江湖郎中,更是摇手退避,远远躲开了。

　　就在一镇人即将绝望时,一个青衣书生出现,身背药囊缓缓而来,告诉镇人,程老爷的病自己能治。大家一听,睁大眼上下打量着他问:"真的,别吹牛啊?"

书生一笑,很笃定地道:"一试便知。"

原来,书生有一家传秘方,名"还魂丸",治病救人,屡试不爽。镇上的人忙带着书生来到程家,介绍给程少爷。程豫听了儿子的介绍,轻轻地摇摇手道:"江湖术士的骗人鬼话。不用望闻问切,一丸药就行,岂能信得?"

儿子急了,苦苦哀求:"爹,你就试试吧!"

镇上的人也都苦苦哀求:"你就试试吧。"

无奈,程豫只有点点头,一丸药送上。药为白色,指蛋大,捏碎后兑水喝下。过了一会儿,程豫突然咳嗽起来,咳得上气不接下气,然后,一口痰吐出,摇摇头望着儿子,眼光由浑浊渐渐变得清亮起来。

程少爷见了忙问:"爹,咋样?"

程老爷挥着手说:"快请秀才,快谢!"

程老爷的病竟然减轻了,第二天就喝了两碗粥,笑声朗朗的,能下地转悠了。程少爷感激得什么似的,拿了百两银子奉给秀才,以表谢意。

这一下,整个山阳县,不,整个商州府都轰动了:一个书生有一种神药,能够包治百病,程老爷已经奄奄一息,离死只有一步之遥了,硬是让一丸药治好了。那些达官贵人、富商大贾一听,忙纷纷找到秀才,掏银购药。

书生一一接下银子,送上丸药。

两天后,书生将银子拿了,送到商州府"怡红院"的老鸨手中,替自己心上人梅姑赎回了身子。当夜,两个人乘一辆马车,离开了商州城。

临走,书生没忘记来到高坝镇,拜别程豫。

敲开程豫的房门，书生和梅姑"咚"一声跪在程老爷子面前，流着泪叩头道："谢谢老先生想法成全我们，谢谢。"程豫忙一把拉住他们，笑着说："能看到有情人终成眷属，不枉老夫装病一场啊。"

然后，程豫送二人出门，看着那辆马车消失在暗夜中。

身后，一人问道："那是假药啊，爹？"

程豫回头一看，是自己的儿子。

他无声地笑着点头。

儿子急了，告诉他，胡乱喝药是会坏事的。

程豫得意地告诉儿子，那是红薯粉，不会坏事的。

儿子一愣道："爹，你不是经常教育儿子做人要诚实吗？"

程豫拍着程少爷的肩，告诉他，那是行善，不是骗人。

半仙县令

李士珍是个官，不大，是个县官。

过去的官，都是书生，磨穿铁砚，八股文章做得很好。李士珍也一样，文章写得不坏，于是离开山阳的高坝，来到偏关做了县令。那时是清末，盗匪一股一股的，尽干坏事。可是，偏关很安静，仿佛被盗匪遗忘了。

李士珍告诉大家，得组织团勇。

大家一听，感觉多此一举。一个叫张齐的道："屁事没有，训练团勇干吗？"这个张齐使得刀枪，在当地很有威望。他一说，大家脑袋都点得木鱼一样,是啊,这个县令真是无事找事。

李士珍告诉大家,盗匪来了,可就完了。

张齐瞪大眼问,在哪儿？吓唬小孩去。

大家听了,都嘎嘎地笑。

李士珍长叹,无奈。

谁知,盗匪没来,却来了盗马贼。

那天,一个年轻人来到张齐院子,看见家里没男人,一把牵了拴在树下的白马,翻身跃上,加鞭而去。张齐出外了,张齐女人急得呜呜哭。这时,李士珍恰好骑马经过,听了大怒道:"光天化日之下,竟敢如此!"也一踢马肚子,骑着马追去。

大家想,一个县太爷追盗马贼,悬乎。

可是,一顿饭工夫,李士珍骑着马回来了,身后拉着一匹白马,马背上绑着一人,正是那个盗马贼。县城一下轰动了,大家都瞪大眼睛,看着李士珍。

更让大家称奇的是李士珍和盗马贼搏斗经过。据看到的人说,李知县骑马追上盗马贼,拦住去路。盗马贼一见,眼睛瞪圆,抽出腰刀,抡起膀子"呀"一声叫,向李知县砍去。李知县长剑出手,一挡,那把大刀咣当一声落地。接着,李知县长剑一转,剑身在盗马贼背上一拍,盗马贼就倒在马下。

这剑术,简直比张齐的还厉害嘛。

李士珍听了大家议论,没说什么,一笑,将盗马贼带回衙门审问。审问的结果,让大家再次瞪大眼睛:那个盗马贼并非盗马贼,是盗匪派出的探子,来这儿踩探的。他威胁说,快放了自己,不然,不久盗匪就会血洗这儿,让此地鸡犬不留。

李知县没被吓住,一声令下,将盗马贼关入死牢,然后召来大家,询问怎么办。

张齐建议:"组织团勇啊。"

李士珍问:"谁来训练?"

大家望着李士珍,这事当然李知县担当啊,那么高的功夫,不担任教练,那不是浪费吗?李知县笑着摇头,自己一天到晚忙衙门的事,哪有时间哦。大家听听,觉得也对。这时,张齐站起来自告奋勇道:"要不,我来?"

大家都点头,李知县公务繁忙,看来只有张齐行了。

于是,团勇组织起来,每天训练着。

张齐训练得很认真,一举一动,都很到位。

半年后,这支团勇的战斗力已经很强了。

一个夜晚,一股盗匪围住偏关县城,摇旗呐喊,牛角号吹得"呜呜"地响,十分惊人。谁知,盗匪还没攻城,城里冲出一队团勇,在张齐带领下,大刀如风车一样翻滚过来。盗匪平时攻城,哪遇到这样的对手?眼睛一眨,已经倒下去许多兄弟。盗匪也是人,也怕死,发一声喊,跑了,却有个头目被活捉了。

那头目很迷惑,说:"我们打听清楚了,这儿没什么兵力啊,你们哪儿来的?"

张齐嘎嘎大笑,告诉对方,李知县半年前就知道盗匪要来,特意做好了准备。那个头目不信。他们来这儿,还是最近决定的。李知县不是半仙,怎会算出来。

张齐眼睛一白,告诉他,他们的探子半年前就被抓了。

说完,张齐命令,在死牢里带出那个盗马贼。可是,盗匪头目眨巴着眼睛打量着对方,摇着头说不认识。大家听了,都有些糊涂,盗匪怎么不认识盗匪啊。

李士珍呵呵笑了。

原来,那个盗马贼并不是真的盗马贼,是李知县的一个仆人。

李士珍看大家面对暂时的安宁,已经习惯,一点也不把盗匪的事放在心上,很着急,就和自己的仆人上演了一场双簧。

李知县当然不会剑术,是仆人自己扔了刀掉下马的。

至于说盗匪来攻,也是提前编排好的。

张齐很不解,事后问李士珍:"你让仆人说盗匪半年就来,是怎么猜测出来的?"

李知县告诉他,团勇半年后一准练成,到时,自己可以派人散播假消息,就说偏关没兵力,很好拿下,不就将盗贼引来了吗?这样一来,正可趁机除掉让百姓心头的匪患。

长长的刘海

她是来除掉他的。她的眼前,再次闪现出他的眉眼,俊俊的,一笑,嘴角微微勾起。

本来,他教书。她在家里做饭,绣着鞋垫。他回来,晚上备课时,她坐在旁边,刘海后长长的睫毛一眨一眨地望着他。他抬头,看见她那样,就笑了道:"傻妮子,发什么呆啊?"

她低下头,长长的刘海罩着大大的眼睛。

他们的生活啊,美好如青花瓷一般。

可是,小鬼子打来,青花瓷"咚"一声碎了。有一天,他告诉她,他要走了,去打鬼子。她愣了一下,眼圈就红了,一颗晶亮的泪珠"噗"地落下来,炸成一朵梅花。许久抬起头说,好,我等你回来。

她知道,不赶走日本鬼子,他们的日子不安宁。

他走了,挥挥手。

她远远地送他,一直送出岛,看不见了,她的心空落落的。

她为他骄傲,又为他担心,怕战场刀枪无眼,怕他有什么闪失。因此,每次遇见那边来的人,她都要打听他的消息,听说他很好时,她笑了,拂一下长长的刘海。

可是,当再次听到他的消息时,她傻眼了,他竟投靠了小鬼子,成为伪军一个营长,据守在城里。而且听说,他在战场上舍生忘死,竟然还救出了日军中队长牛岛。

她泪如雨下,咬着牙骂:"狗!"

第二天,她走了,离开小岛,进了城,去了他的营部。看见她,他一惊问:"干啥?"她一笑道:"想你了啊。"她做得一手好菜。有一天,她整了一桌好菜,告诉他,让他请来牛岛,还有他的其他同事聚聚,把自己介绍给他们,认识一下啊。这样,她脸上也有光啊。

他冷笑一声道:"怕不是为了认识吧?"

他慢条斯理夹了片肉,扔给一只狗。那只狗吃了,惨叫一声,倒在地上死了。他说:"你来,是为了毒死我和牛岛吧?你到时怎么办啊?"她流着泪狠狠道:"陪着你死。"说着,她拔出一把匕首,向他插去。他手一伸,一支手枪顶着她的脑袋,狠狠道:"看在过去的情分上,不杀你,明天一早滚回去。"

可是,她没有回到小岛。因为,天未亮,他的营部被围,他被抓了起来。接着,牛岛走进来告诉他,这儿有间谍。他一惊,问谁。这时,她也被抓来。他忙告诉牛岛,这是他的内人,不会是间谍,绝对不会。

牛岛一笑:"我的知道,她的不是。"

牛岛说,最近皇军打一仗败一仗,自己怀疑有内鬼,派出便衣,跟踪寻找,终于找到了内鬼。说完,牛岛掏出一张纸,指着纸上的字道:"张营长,你敢说这字不是你的?"他学的颜体,这点,深通汉文化的牛岛清楚。

　　他看看纸条,摇着头道,有人捏造。

　　牛岛拍拍掌,一个人走出来,正是传递情报的老张,显然已叛变。他见后,冷哼一声对牛岛道:"既然知道了,你们就开枪吧。"

　　牛岛摇着手道:"不,我听说张营长的刀法好,我想和你比刀。"

　　他一愣:"比刀?"

　　牛岛道:"你胜了,离开这儿;败了,必须和皇军合作。"

　　他长叹一声,告诉牛岛,自己刀术虚有其名,怎会是太君对手。说到这儿,他道,如果自己败了,随牛岛处置。如果侥幸胜了,自己也不打算离开这儿,只希望牛岛放了她。

　　牛岛点点头。牛岛曾得过刀术冠军,战刀一挥,骄傲地对他道:"来吧,张营长。"说完,刀光如风,席卷而来。他提着刀步步后退,突然一个踉跄倒地。她吓得大叫:"张普,小心。"

　　牛岛刀光一闪,斜劈过去。他倒在地上的身子一闪,牛岛刀子落空。他这是诱敌,同时长刀划过一道光圈,横扫过去,牛岛一声大叫,倒在地上。

　　几乎同时,日军枪响了,他缓缓倒下。

　　她扑过去,抱住他,轻声道:"张普,张普。"

　　他断断续续道:"多想回去,多想……陪着你啊!"

　　她流着泪告诉他,她会陪着他,永远,永远。

　　他脸上带着微笑,停止了呼吸。

　　她抱着他,一动不动坐在那儿,刘海后是幸福的笑。几个小鬼子跑过去一看,她的胸口插着把匕首,已停止了呼吸。

理　发

　　旗袍女人来时,槐花正开,一片洁净,犹如雪花一般,一瓣瓣地飘着。旗袍女人如另一片雪花,干干净净,往街上一站,就吸引了一街人的眼睛。旗袍女人的一抹旗袍如水,一闪一闪的。旗袍女人的微笑也如水,打湿了一街男人的心,水灵灵的。

　　旗袍女人是短发,时髦的学生头。

　　在这儿,这种发型很少见的,只有曾家四小姐是这样的发型——读书的女子嘛。

　　旗袍女人不是读书的,是个理发的。这,在这儿更是独此一家,开了丰城的先例。

　　在丰城,理发是爷们儿的活儿。剃头匠拿了剃刀,在人脑袋上飞快一旋,一个光头;再一旋,又一个光头。旗袍女人却不这样,她用推子、剪子,长长的手指翻飞着,一根手指高高翘起,姿势很优美,不一会儿就理好一个脑袋,是分头,四六的。男人的脑袋被这样一理,眉眼就俊了,就有了种书卷气。

　　相应的,旗袍女人收价就高一些。

　　这是一个乱世。乱世,大家保命为主,谁还有那些穷讲究。因此,丰城人一个个是葫芦头,也就是光头,太阳光一照,锃光瓦亮的。

　　但也有讲究的人。

　　一些小老板理分头,一些学生理分头。分头理好,对着镜子仔细照照，一脸的笑，找了钱，高高兴兴地走了。

除了这些人，小鬼子也来。

当时的丰城，驻扎着一百多个小鬼子，整天没事，枪尖上挑着面膏药旗，皮靴在街道吭哧吭哧响着，一个个挺胸凸肚的，很是威风。见到不顺眼的人，他们会大吼："八格牙鲁。"刀光闪闪地刺过来，让一街人吓得张着嘴，钻进家里发抖。

可是，小鬼子虽缺人性，可也是人啊。是人，就有爱美之心。小鬼子的爱美之心，一点儿不比其他人差，甚至有过之而不及。于是，一个个也去女人理发店理发。

女人不知是为了平安，还是讨好小鬼子，竟然在店外挂了一面牌子，上书：皇军理发，一律免费。

丰城人一见，一个个气得咬牙。尤其男人们，暗暗长叹，人不可貌相，这么美的女子，怎么有人样无人心，自愿做起汉奸来啦，真是不知羞耻。

丰城的女人们呢，见了旗袍女人，眼睛一白，狠狠唾一口：呸——

旗袍女人对丰城人的谩骂和白眼，恍若不闻，仍然如一片槐花，脸上带着干干净净的笑，和理发馆外一瓣瓣盛开的槐花相映衬。不过，在丰城男人们看来，那笑不再媚人，而是恨人。

日军进入理发店，女人一笑，给小鬼子认真洗头，然后拿了梳子、推子，手指翻飞着，一会儿工夫，一个平头理好，点点头，表示结束。小鬼子忙到镜子里一照，翘着手指道："吆西，吆西。"

女人一笑，一脸阳光，好像得到了多大奖赏似的。

事情，就在那晚发生了。

小城还有一个保安中队，队员一个个理着光头，锃光瓦亮的。他们善于舞刀，舞起刀来，白亮白亮的一团水，只见刀光不见人。

那一晚,保安中队突然发动暴动。队员们不动枪,动的是刀子。当时,天很黑,伸手不见五指。保安队的士兵冲入日军军营,伸手一摸,是平头的,刀光一闪,就砍了下去;是光头的,是自己战友,递个暗号,双双杀向别处。

天亮,一百多个日军,无一人逃跑,一个个倒在地上。

夜战中,整个保安中队的战士,竟无一伤亡。

部队胜利,迅速撤离丰城。当时,是另一个槐花盛开的时节,整个丰城,笼罩在一片花海和花香中。整个队伍在花海里前进,带队的政委是个女人,一身灰布军装,戴着一顶军帽,骑在马上,回首对丰城人一笑,如一朵槐花盛开。

大家眨巴眨巴眼睛,这才认出,这个女政委正是旗袍女人。

忏 悔

经过长途跋涉,汉子来到了这儿。茫茫戈壁,一眼望不到边。在一道沙梁的背面,一湾清水,一丛树林,树林深处,红檐一角高高翘起,有钟声传来,当当地响。清水池边,芦苇丛中,不时有几只白色的鸟儿飞起,盘旋一番,又敛着翅膀落入林中。

林中有一座寺庙,精致小巧的寺庙。庙里,住着个老和尚——智大师。

汉子来到了寺庙,遇见智大师,扑通一声跪下,道:"大师,我想出家。"

智大师望着眼前的汉子,衣衫褴褛,满面灰尘,显得疲劳,沮丧,无神。大师缓缓地数着佛珠,望着他。大师的眼睛清澈如水,无风无波,良久良久,摇摇头。

"为什么?"他沙哑着喉咙问道。

"心存善念,我佛在此。"大师用手指指自己的胸口,一字一顿说,"若存恶念,出家为何?"

汉子无言地望着大师,良久道:"难道连佛也不收留我吗?"声音有气无力。然后,他站起来,悠悠晃晃向山门外走去。身后,智大师一声长叹:"西天地狱,一念之间,心净即是入佛。"

汉子没有听见,汉子的背影,已走出山门,隐入暮色苍茫的林子中。

汉子并没有走远,就住在林中,结一草棚,每日打鱼,聊以为生。闲暇时,折一根芦管,放于唇上吹起,芦管呜呜作响,声音显得苍凉忧伤,在黄昏里,或在月光下,倍增凄苦。智大师站在院内,低眉敛目,数着念珠,他不知道,汉子的心中究竟有如何的困扰和纠结。

一日,智大师的侄子来寺院小住,他是画院学子,暑假期间来此写生。

那日,仍是黄昏,霞光如一片胭脂,把无边沙漠印染得一片潋滟,几棵胡杨树在夕阳中伸展着树枝,苍劲如铁,清晰如画。突然,一声芦管声响起,在夕阳中倏尔而起,凄凉而惝惶,如一只无助的大鸟,张翅在黄昏中盘旋漫飞。

智大师的侄子悄悄走近,是那个汉子,吹着芦管,满头乱发在夕阳下飘飞。

智大师侄子一时为眼前景色倾倒,不由赞叹道:"这简直就是一幅天然的油画啊!"飞快回到寺庙,取出画夹画笔,唰唰地画了起来。三天之后,画已完成,取名为《吹芦管的汉子》,然后告

别大师,回了画院。

原来,他这次来是为了寻找绘画的材料,参加一次国内著名的画展。

不久,智大师的侄子来信,告诉智大师,自己那幅参赛作品获得特等奖,受到各地绘画爱好者的关注,同时也引来了知情人的目光。原来,画中的汉子是一个在逃的罪犯,他酒后开车,碾死了一个小孩,弃车出逃,至今还在通缉之中。

大师无言,默默地收起信。

第二天,他去了汉子草棚。汉子见了他,又一次跪下,请求出家。他须发纠结,满面凄苦,看得出精神上苦闷不堪。

"为什么?"智大师轻声问。

汉子低下头,喃喃道:"一双亮晶晶的眼睛,一直在望着我。"

智大师说:"阿弥陀佛!"

"我该怎么办?"汉子抬起头,满眼乞求地问。

"苦海无边,回头是岸。"智大师捋捋洁白的胡须,"否则,佛又何用?"

那人无言,低垂了头。智大师摇摇头,轻轻地走出草棚,一直走向寺庙。

寺庙前的池子,水很深,常常会有附近放牧的小孩来游泳。这日,一个小孩下了水,本来是在浅处扑腾着,突然一脚踩空,掉入了深水,只喊了声"救命",就没了人影,只有水泡一个个冒出。

就在这时,一个人从树林中飞奔而来,"咚"的一声跳入水中。

这人,正是汉子。

孩子被汉子用头顶了出来,而汉子自己,却脚被稀泥吸住,再也没能出来,待到被拉出来时,已停止了呼吸。

智大师赶来,坐在汉子尸体边轻轻地诵着经文,临了,看着汉子双眼仍然睁着,伸出手给轻轻合上,道:"火化吧!"有人反对,说,凡俗之人,不是和尚,不能火化。

"他已成佛了。"大师轻声道。

拯救猴子

白小暖是个心地善良的女孩,她见不得鸟儿受伤,虫儿断腿,一见,泪水哗哗的,水龙头一样流个没完没了。

这次,不是虫子受伤,不是鸟儿断翅,是一只小猴挨打。

小城里,经常有耍猴人出现,但鞭打猴子,白小暖倒没见过。

这是一只小猴,大概刚出生不久,蓝汪汪的眼睛,滴溜溜地转,很活泼。但这会儿,那双干净的眼睛中,满是哀求。小家伙已经学会了几招人的动作,这会儿在作揖,不是向别人,是向耍猴人,嘴里"吱、吱"地叫着。

耍猴人并没有停止手中的鞭子,高高举起,挽起一个鞭花,"叭"一声响,又脆又亮,抽在小猴身上。小猴"吱"一声惨叫,一跳,想跑,可又被绳子扯回去。"叭"的一声,身上又是一下。

每一鞭,白小暖觉得都好像抽在自己身上。

白小暖哭了,尽管十八岁了,可她仍像小时候一样,容易落泪。

耍猴人对白小暖视而不见,仍鞭子挽着花儿,一下又一下,打在小猴身上,好像没有停止的想法,也好像不准备停止。

"叔叔,别打它,好吗?"白小暖求起情来,眼泪巴巴地说。

"让它学戏耍挣钱,它不学。不打,哪来钱?"耍猴人说,手却没停。小猴,仍"吱吱"乱叫,用双手捂着头团团转,望着她。

她用牙咬咬唇,想了想,掏出兜里五十元钱,递给耍猴人:"给你,求你别打它,好吗?"

耍猴人拿了钱,嘿嘿地笑,连忙点着头,拉着小猴走了,一路上,小猴还"吱吱"地叫,白小暖的泪又哗一下流下来了,好像这只小猴是自己弟弟一样。

那天,白小暖上课老走神,一双蓝汪汪的眼睛,在自己眼前一个劲地晃动,还转啊转的。

晚上,回到家里,梦中,她看到那只小猴在作揖,还流泪,求她救援。

第二天一早,她忙向学校跑去,在那个地方,又遇到耍猴人,一鞭又一鞭,在抽打着那只小猴。

"我给你钱了,你咋又打它?"白小暖很生气。

"今天没饭钱啊!"耍猴人见了她,眼光一亮,鞭子落得更快了。

白小暖咬咬牙,又掏出四十元钱,耍猴人收了钱,拉着小猴走了。

一定要拯救这只猴子。她想。

白小暖的老爸是一个公司老板,很有钱。过去,白小暖很少问老爸要钱,可现在不行,每天,她要五十元,经过那儿时,都给耍猴人五十元。

每次,当耍猴人接过钱,停下鞭子时,白小暖都十分高兴,因为,她又解救了小猴的一次灾难。

这样过了半个月。

那天,白小暖一如过去,走过街角时,耍猴人仍在打猴。白小暖走过去,忙递过钱,可是,就在耍猴人接钱时,小猴一跳,抢过了耍猴人手中的鞭子。

两个人都愣住了,白小暖有点幸灾乐祸,想耍猴人这回惨了。

谁知,小猴没打耍猴人,鞭子如雨,向白小暖打来。白小暖愣了愣,身上很痛,忙落荒而逃。

晚上回到家,爸爸听了她的遭遇后,想了一会儿道,每次小猴挨打后,你就给打猴人钱,小猴也会思索,那小家伙一定以为你在唆使它挨打呢。

真没良心。白小暖想。

但想归想,白小暖仍很担心小猴。第二天一早起来,她就急忙赶去,耍猴人还在,小猴却不在了。白小暖一惊,问,你把小猴怎么了?

我能怎么?被公安局强送了动物园,也不知是谁告的密。那人垂头丧气。

真的?白小暖笑了。昨晚,是她按爸爸的办法,向公安局告的密,她可没想到,公安局的速度那么快。

有时,善良,还是要讲方法的,不然,会适得其反。她想,爸爸说得真对。

村主任长根

长根这家伙不像村主任，像狗。塔元村人想。当然，这话没有说出口，只是在心中狠狠地想。

狗当然有狗性，表现在长根身上，是最明显不过了。

首先，长根像狗一样欺凌弱小。狗东西，谁不好欺负，偏选中了村后的王老五。王老五还不够可怜吗？一个老汉，还有一个瘫子儿子，两个人住在一起。两间房子，烟熏火燎，摇摇欲坠。这样的人家还不够可怜吗？他偏选中这家下手。

换句话说，不是这样的人家，他敢下手吗？

他干什么？愣让人家搬家，王老五当然不，吸着烟袋锅子，一口口地喷烟，许久问："凭什么？"

"这儿危险。"长根说，皱起了眉，做出苦口婆心的样子道，"好王叔哎，要下暴雨了啊。"

"这青天白日的，说梦话吧？"王老五说，仍吸着烟，白了长根一眼。

"乡长来电话说的。"长根拿起了尚方宝剑，拿乡长吓唬人。可王老五不买账，说："也只有你，乡长放个屁，你都当雷。"言外之意，你是乡长的狗啊，乡长说啥就是啥。

长根脸红了，擦了一把头上的汗，道："今天，走，你也得走，不走你也得走。"说完，就搬起一张饭桌向外面走，王老五一把抓住桌腿，红了眼，问："你想咋的？"

"搬家。"长根说。

"放下!"王老五牛劲上来,抓住桌腿一推,没推到长根,自己却一退,一屁股坐在地上,急了,忙一把抱住长根,喊,"你村主任还打人啊。"

长根还没说话,腿上就挨了两棍,忙一声叫跳出门外。原来,王老五的瘫子儿子听了,爬出来,拿着拐棍就向长根抽去。

长根挨了打,引来很多村民,大家都看戏一样。当然,也有几个人指责长根,村主任嘛,就有个村主任的样子,你两家过去有过节,也不能公报私仇啊。说得长根满脸是汗,无言以对,掏出手机,就给乡长打小报告。

"狗!"有人骂。人们有点怕乡长,也慢慢散了。

不一会儿,一辆车奔来,停下。车门一开,乡长下来,进了王老五家,展开三寸不烂之舌,谈了安全的重要性,又谈了他住房的不安全性:房子破旧,又在山坡最上头,后面又陡,滚坡水一来,一家就完了。

王老五梗着脖子:"我一家住了几十年,几时出过事?"

乡长嘴干了,急眼了,让长根叫几个人来给搬家。人来了,王老五红了脸,拿着一把菜刀守着门,扬言,自己活着,谁也休想进来;死了,就埋在这儿。

说到底,王老五不是对抗乡长,是让长根下不了台。两家有过节,他对长根当村主任感到气不顺,这样做,就是照着村主任脸上打耳光呢。

长根气得脸乌青。

王老五看了,心里感到很舒畅。

无奈,乡长一挥手道:"这是个老牛筋,别和他硬碰,但要时刻预防啊,别出事。"乡长嘱咐完,又有电话来,就忙上车走了。

那天半夜,一声惊雷把黑夜撕开一道口子,接着,"哗哗啦啦"的雨倒了下来,正像天气预报的一样,这是百年不遇的一场暴雨。

王老五醒来,听到"呼呼隆隆"的响声时,水已进了屋。老汉急了,忙去喊瘫子儿子,可瘫子儿子却干着急找不着拐杖,拐杖让水给冲走了。

两人正急成一团时,一个黑影冲进来,正是长根,打着电筒,喊一声快走,背起王老五,就向门外跑。

"田旺,我的田旺。"王老五喊着自己儿子的名字。

"你先走,别耽搁。"长根背起老头子,任他在背上踢叫着,吼着,一直背到安全处。王老五爬起来,又一声嚎叫,向自己的屋子扑去。长根一把抓住他的胳膊,吼道:"别叫了,我去找。"说完,一头撞入雨帘之中,进了王老五的屋子,刚刚背出田旺,身后,一道闪电中,只见那两间房子"轰"的一声倒了下去。

在雷声轰隆中,人们都呆住了。

只有王老五,一把拉住田旺,父子俩扑通一声跪在雨中,泪水,和着雨水长流。

职　责

叮咚,叮咚——驼铃如水,在沙漠中响起。一只驼,在沙漠里缓慢地走着,背上驮着被毯、水囊和食品。它的后面,跟着一个人——探险家。

明显的，驼已负伤。

那是不久前的一个晚上，他们遭受到一只狼的偷袭。当时，探险家已睡熟，打着鼾声。一只狼借着云的影子，悄悄逼近，龇着牙，在月影下发出白森森的光。

驼醒了，喷了一下鼻子，仰起脖子，叮当一声，驼铃响了。可是，探险家仍在打着鼾声，沉入梦乡。

狼，在一步步逼近。

驼站了起来，一蹄子，把狼弹出一溜跟斗。同时，自己的腹部也被狼咬了个大口子，长长的，血肉模糊。听到动静，探险家醒了，和驼一块儿赶走了狼。

然后，一人一驼依然走在沙漠上，但速度明显慢了。因为，驼走起来步子很迟缓，一下一下的。也因为这样，到现在，他们仍没走出这片沙漠。

他们已经陷入绝境：食物还有，可是水已经不多啦。每喝一次，探险家心中，就会弥漫一种绝望，一种恐惧。

水囊里的水只有一小半了，他矛盾了，他知道，就这点水，无论如何供不了一人一驼走出沙漠。

他静静地拍拍驼，驼停住啦，望着他。他轻轻解下驼背上的被毯，还有食物，然后提着水囊，又拍拍驼，让它卧下。驼很听话，乖乖地卧下。他叹口气走了，走向山丘那边。

走了一会儿，听到声音，他转过身，驼已经慢慢跟上来了。

他摇摇头，又长叹一声。这只驼，没忘驼的职责，它跟人一直都跟得很紧。这是驼的主人告诉他的，现在看来，是真的。

他想甩脱它，很难。

无精打采地，他和驼一块儿走着。茫茫大漠，风刮起，有驼铃声响起，当啷，当啷——

夕阳慢慢落下，落在地平线上，大如一盆，血红血红。他和驼，在天地之间小如两只蚂蚁，慢慢地蠕动。

月亮，在天的另一边升起，光亮亮的，如水洗过一样。他们终于停下，倒在沙上睡了。驼仍没忘记自己职责，紧紧靠在他身边。沙漠夜冷，它在为他取暖呢。

驼慢慢睡着了，闭上了眼睛。

他也睡着了，轻轻打起鼾声。

沙漠静静的，只有月光如水，映照着无边的沙砾。

他打着鼾，过了一会儿，悄悄坐起来，看到驼仍睡着，就背着食物，还有水，趴在地上，一寸一寸向前移动，如一只蜥蜴一样，移向远方。终于，他移过一个沙丘，嘘了口气，站起来，向远处地平线走去。走了好远，回过头，白亮亮的月光下，沙漠如无垠的海浪。"海浪"上，再也不见了那只驼。

他心里感到一阵轻松，同时，又有说不出的沉重。

靠着水囊的水，还有食物，一步步，他走出了这片从无人能穿越的死亡沙漠，回到城市。顿时，他成了传奇，成了英雄，受到功臣般的待遇。每到一处，都有鲜花、美酒和掌声，还有女孩清凌凌的目光。

他成了征服这块沙漠的第一人。

那天，他应邀出席一个集会，受到如潮般的掌声。市长代表民众给他颁奖，因为，他也是这个市的市民，更是这个市的光荣，也是这个市市民的光荣。

拿着奖杯，还有花环，他坐着车回到家。当走下车时，他惊呆了，一只驼蹲在他的门外。风吹过，脖上驼铃响起：叮当，叮当——

这只驼，正是他扔在沙漠上的驼。

它又回来了,在孤独和干涸中回来了。它的背上,驮着他的一些东西。一直,这个有灵性的生命,都没忘记自己的职责。

他跑过去,泪流满面,抱住那只驼。那只驼一动不动,已停止了呼吸。它的致命伤,仍在腹部,狼咬中的地方。那个伤口,已烂成碗大一个洞。

它就是带着这个致命伤,在生命最后一刻,挣扎着赶到这儿,来完成了自己一生最后一个任务的。

猎人与猎狗

茫茫沙漠,蠕动着两个小小黑点:一个是猎人,一个是猎狗。他们被困沙漠,已经整整四天了。

他们有肉干,可是,水已经不多了。不大的水囊已经见底,每喝一口,猎人的心中就会有一种绝望悄悄漾起,就像溺水的人,有种窒息的感觉。

猎人望望猎狗,舔舔干裂的唇。

猎狗望望猎人和那水囊,也舔舔舌头。

这儿是北方大沙漠,千里纵横,沙砾无边。生命进入这儿,就如一蚁,随时有被天地捻碎的感觉。想到这儿,猎人忍不住浑身激灵灵地打了个冷战,有种欲哭无泪的感觉。

夕阳慢慢落下,浑圆,血红,十分壮观。可是猎人已经没有了观看夕阳的兴致,他望着血红的地平线,仿佛听到了魔鬼的叫嚣,听到了死神的狞笑。

他定定地坐着,望着猎狗。猎狗也定定地坐着,望着他。

夕阳落下,月亮升起,圆满,洁白,这是沙漠上一个少有的好天气。沙漠上,顿时月光如水。水中,有两粒浮萍:一粒是猎人,一粒是猎狗。他们躺下,挤在一起,相互取暖。不一会儿,一人一狗响起了鼾声,就如水面泛起的一个个水泡。

沙漠很静,被星空覆盖着,如洪荒世界。只有几颗星,在偷偷窥视着人间。其余的一切,都睡熟了。

猎人嘴里打着鼾声,悄悄坐了起来,手腕一翻,亮出一柄匕首。眼光,锥子一般,扎向猎狗。

他想下手。

杀了猎狗,就用它的血为饮料,走出沙漠。他想。

即使不杀它,它也会渴死。他在心里安慰自己。

他举起匕首,又停下。这是一只灵性的狗,一次,在雪山上,他晕倒了,是它拖着自己,硬是从死亡边缘将他拖了回来:对它,他下不了手。

可是,不杀它,又怎能走出这沙漠呢?再说,今天一天,这狗都望着自己的水囊,明显的,它也感觉到水快没了:它可能在打水囊的主意呢。

他不断地给自己寻找着下手的理由,终于咬咬牙,再次举起了手。

月光下,猎狗停止了鼾声,眼角滚出两滴泪水来,大大的,银钻一样。他心头一抖,匕首"当啷"一声落在地上,抱住猎狗,泪流满面。

天,慢慢变亮,一轮烈日又暴晒在沙漠上。

他和它,在沙漠上蠕蠕而动,小如两只蚂蚁。终于,他们不动了,都趴在那儿大口大口地喘息着。

水囊中还有一口水,不,小半口。他舍不得喝,不到生命的最后关头,这水,就是希望。

猎狗突然耸耸鼻子,有气无力地叫了两声。见他不动,它跌跌撞撞跑过来。他一惊,心想,狗东西,果然来抢水了。可是,这会儿,他已没有了一点儿力气。

猎狗跑过来并没有抢水,而是撕扯他的衣服。他不动,动不了。他的心中,一股寒气透骨袭髓。这猎狗,看样子和他想的一样,想吃掉他,使自己活下来。他没杀它,看样子,它却准备咬死他。恐惧,灌满了他的双眼。

猎狗并没咬他,扯了一会儿,扯不动他。突然,它叼起水囊,转身跌跌撞撞跑了,跑向沙丘。

"停下!"他喊,声音如丝。

猎狗没停,转身望望他,仍朝沙丘跑去,一跌一撞的,喝醉了酒一般。

"停下,我——开枪啦——"他喊,用尽力气。

猎狗没停,仍在跑着,已上了沙丘顶。"啪"的一声,枪声响起,在空寂的沙漠上久久回荡。猎狗回过头,望着他,叼着水囊缓缓倒下。

击毙猎狗,他鼓起最后一点力气,移动着身子,一寸一寸移向沙丘。好在沙丘不大,他终于爬到沙丘上,顿时呆住了:沙丘后,有一片青草,青草中间,汪着一塘清泉。水塘很小,簸箕大,水面平滑,反射着阳光。

猎狗鼻子灵,嗅着水源了,来拖他,拖不动,就想了一法,叼走水囊,引他来追。可惜,没引来他,却引来了一颗子弹。

这东西,有灵性呢。

他跪下,抱着猎狗,号啕大哭。

救赎的通道

小城的一个早晨,他出现在银行前,手,紧紧插在衣兜中。衣兜中,鼓囊囊的。这时,身后传来一个声音:"先生,行行好吧。"

他回过头,是个乞丐,伸着双手,一副老态龙钟的样子。他想到了自己的家,自己的老父亲,鼻子一酸,拿出仅有的一张钞票,递给了乞丐。在乞丐的感谢声中,他走进了银行。

这时,他的肩被拍了一下,回过头,是个五十多岁的老头。这老头,一直跟着自己,让他很感厌烦,因此,皱了一下眉,警惕地问:"什么事?"

老头一脸微笑,向他伸出大拇指,赞道:"真不错,年轻人!"他一愣,随即明白,老头是夸他刚才的行为,就笑了一下,点点头,转过身子,眼睛盯着窗口。

这时,外面一阵骚动,有人喊:"快,有人要跳楼啦!"

大家一听,都散开了,纷纷地跑去看。他心里一动,叹口气,仍然一动不动,望着营业窗口。身后,那个老头没走,拉了他一下。他一惊,回头道:"什么事?"

老头焦急地说:"走,快点救人。"

"那是警察的事!"他说,又回过头。

"这儿离公安局很远,警察赶来,早已迟了。"老人说着,不管他同意不同意,拉上他就走。老头的手劲很大,他被拉着,不由自主地跟了去。再说,救人是好事,他也不能拒绝啊。

出了银行,他们就看到跳楼的人,站在一家楼顶,大声吼叫着,做出随时跳楼的样子。

老头急了,直挥手,示意那人别跳。

他也大喊着,劝说那人。

可是,那人站在高处,毫无疑问看不见,也听不见。老头儿一招手,说他清楚这儿的楼道,可以直通楼顶。说完就跑,他也没多想,跟在后面。

在老头的带领下,他们终于上了楼顶,出现在跳楼人背后。跳楼人看见他们,大吼:"别过来,过来我就跳。"

他和老头站住,甚至,他把老头向后拉了一把,说:"我们不过来,请问,你为什么要跳楼?"

那人红着眼圈,告诉他们,自己做生意,受骗上当,血本无归,无脸回家去见亲人,不如从这儿跳下去,一死了之。

他问那人:"有父母吗?"那人点点头。

"你认为,那点钱一定超过你父母对你的爱?"他问。

对方摇摇头。

他又问那人:"你有爱人和孩子吗?"那人点点头。

他又责问:"在你眼中,爱情和儿子都抵不过那点钱?"

那人喃喃道:"不,不是的。"

"你不爱他们。"他吼道,"为一点钱,你跳下楼去,一了百了,你想到你的父母吗?从此,他们会痛不欲生。你想过自己的妻子吗?从此,她会以泪洗面,而你的儿子,也会变成个可怜的孤儿。"他越说越激动,想到自己的父母、妻儿,泪流满面。

那人不说什么,慢慢地蹲下来。

他走过去,将那人拉离危险地带,流着泪劝说,金钱和亲情爱情比起来,一文不值,一个人,怎么能为一点钱,就置生命、亲情、

友情于不顾呢。

那人点着头，满含感激。

他欣慰地点点头，告诉他，自己也一直遭遇不幸，打工被骗；顶撞上级，被炒鱿鱼。可是，一想到家，想到亲人，他的心就充满爱和幸福。

公安干警这时恰好赶来，带走那人。临走时，那人不停地感谢他，说他给了自己第二次生命。

他笑着挥手作别，然后和老头笑着分手离开。他再也没回银行，到了湖边无人处，把衣兜中的匕首拿出来，悄悄扔入水中。

本来，他是去银行抢劫的，最终，是自己一番话，拯救了自己，因为，自己也有亲人，也有妻儿，他们在等待自己。他很欣慰，在拯救别人的同时，也拯救了自己。

而那个老头子，也终于舒了一口气。这个老警察也欣慰地笑了，跳楼这戏，是他和同事演的双簧，因为，他知道这个年轻人今天要抢银行，他知道那是个不错的小伙子，仅仅出于遭遇不公，一时冲动。他觉得，作为警察，自己应当唤醒他，给他一条救赎的通道。这，是警察的职责。

炒鱿鱼

炒了王经理的鱿鱼后，我踌躇满志，找了份工作，准备大显身手。当然，我找的依然是一份餐饮工作。我要让王经理看看，我究竟怎样。

原以为,以自己的学历和能力,无论如何,也得当一个部门主管,或者干其他轻松的工作。可是,失望得很,我仍被安排在外面当服务生。本来想一挥手,再次炒老板鱿鱼,可是,又鬼使神差地留了下来,不为别的,只为争一口气。

上任第一天,就认识了吴毅,一个很潇洒的男孩,和我一样,也是大学毕业,和我干一样的工作,端盘子拿碗。有时,客人进出,给开门关门。这是个分店,才开业不久,服务员不多。

开始几次,有客人上门,我去开关门。每次,吴毅都要朝我望一会儿,望得我莫名其妙,问:"怎么?我做得不对吗?"

他笑笑,道:"最近和谁产生矛盾了吗?"

"没有啊!"我诧异,"你从哪儿看出来的?"

他笑着说那就好。正在这时,有客人来,他走过去,微笑点头,把玻璃门轻轻拉开,客人进来后,又轻轻关上。休息时,他对我说:"客人来,享受生活的同时,也是在享受着我们的服务态度。开关门重了,会让客人产生误会。"一句话,让我低下了头。开关门重,是我的习惯。真的,我也感觉不好,可并没有认为有这么重要。

以后,有意无意地,我注意着吴毅的一举一动,并认真学习起来。

他不只是开关门轻,就是让客人点菜,声音也很轻。走过去弯下腰,低声询问:"请问,需要什么吗?"客人见他声音低,自然而然,也放低了声音。因而,他走过的桌子,从没嘈杂的声音。

几天下来,我开始检讨自己。其实,原来的老板对我并没有苛责。自己有很多不好的习惯,又把这些坏习惯带到了工作中。又加上一直认为自己是个大学生,做服务员,有点降低身份。所以,时不时地会在态度不好的客人面前,显出自己的不满。

想想如果不是我走得早,只怕迟早会被老板炒鱿鱼。

想到这儿,无来由的,我竟然一身大汗。

以后,我就学着吴毅的样子,轻轻地开门关门。对待客人的询问,也轻轻弯下腰,放低声音。渐渐地,我成为店里最受客人欢迎的服务员。

一天,吴毅上班告诉我一个消息:"经理表扬了你,而且,还准备给你提薪呢。"

"真的吗?"我很高兴,这说明我的工作得到了老板的肯定。

"真的,老板亲口说的。"吴毅很肯定。

"刘经理真是个不错的老板,比我过去的那个王经理好多了。"我由衷赞道。

吴毅笑笑,点着我的鼻尖:"这次可不是刘经理的意思,是总经理说的。"

"总经理? 都没见过我啊,知道我吗?"我惊讶道。真的,来之后,我知道这个店是个分店,总经理却一直未曾露面。

吴毅笑笑,道:"总经理来了,今天在1号单间专门设宴招待客人呢。"说完,和我一块儿拿着盘子,向1号单间走去。我的心里"砰砰"地跳,怀着一种好奇的心理。到了1号单间,我们敲了敲门,开了,两个人坐在里面,一个是我们店的刘经理。另一个,则是前面被我炒鱿鱼的王经理。

"总经理好!"吴毅喊,王老板点头。我一惊,手一晃,盘子里的汤泼出来,泼在手上。手一抖,盘子掉在地上,碎了。我呆住了,不知怎么办好。

"怎么? 没有烫着吧? 怪我,提前没让吴毅告诉你,让你吃惊了。"王总忙道歉。

我嗫嚅着,说不出话来。

"来,赶紧坐吧。"刘经理说道。我丈二和尚摸不着头脑,道:"总经理不是请客人吗?"

"就是你啊。"总经理笑了,"我们公司有规定,每一个职工生日,作为总经理,都应当招待职工一次。祝你生日快乐,白真。"

一句话提醒了我:今天是我的生日。在这个陌生的城市,第一次,我享受到了生日的幸福。

事后,吴毅笑问:"还炒老板的鱿鱼吗?"

我笑着连连摇头。他道:"你不走,我却要走了。"

"你?怎么?想炒老板的鱿鱼?"我惊讶地睁大眼睛,望着他。他笑了,说:"你想到哪儿去了?公司新近招了一批大学生,需要做好工作培训,总经理给我安排了新的培训对象。"

我终于明白过来,原来,吴毅是公司派来专门指导我工作的。

吴毅走了,我的心终于安定下来,因为,在这样的店里当服务员也很不错啊。还是吴毅的一句话说得好:"炒了工作还可以找,炒了单位还可以寻,炒了好老板就很难遇见了。"

莫子瞻逸事

莫子瞻,丰城望族子弟,平生无所好,唯好品茶。

据丰城人传说,莫子瞻少年时,读书归来,没有其他事,就一

头扎进自己房中,再不出来,且声息俱无。莫老爷子十分高兴,一日在客人面前夸口道:"我儿学习,手不释卷,像一个女孩子一样。那成绩,大概是不会错的。"说完,捻须大笑,十分得意,可笑声未停,莫子瞻下学归来,递上成绩单,莫老爷子傻了眼,脸也红一阵白一阵,哑口无言。

莫子瞻的成绩,门门不及格。

莫老爷子从此多了一个心眼,一日瞅莫子瞻进了房,不一会儿,也突然来到,只见莫子瞻躺在竹椅上,拿一把茶壶,有滋有味地在品茶呢。

莫老爷子大怒,胡须直抖,冲过去,抓过茶壶就准备往地上扔,莫子瞻一把拉住,威胁道:"爹,你要是不砸壶,我就给你好好读书;你要砸了壶,就等着我回回拿零蛋吧。"

一句话,让莫老爷子泄了气,长叹:"玩物丧志啊,玩物丧志啊!"退了出去。

莫子瞻说话倒还算话,以后,成绩日长,一直读到中学、大学,成绩一直处于前列,喜得莫老爷子逢人就夸:"我莫家看样子要出红顶子,呵呵!"

可莫子瞻又一次让莫老爷子大失所望,并没有做官,更别说戴红顶子。

当时,已是民国,社会混乱,官场险恶,莫子瞻谢绝了部长的聘请,一身长衫,回到家中,守着莫老爷子,和偌大一份田产,吃不愁,穿不愁,日日品茶绘画,好不清闲。

这样大概过了三年,心闲生事,莫子瞻告诉莫老爷子,自己想到东洋留学。

莫老爷子说:"读书,为了做官耀祖。你不当官,读那么多书干吗?"

莫子瞻说:"东洋茶道,非常兴盛,儿十分羡慕,想去瞻仰瞻仰。"

莫老爷子知道儿子的脾气,打定主意,十头牛也拉不回,一声长叹,任他去了。这一去,又是三年,再回来,莫子瞻已不是一身长衫的莫子瞻了,而是一身燕尾服,一顶礼帽一根手杖,外带唇上一撮人丹胡。

整个丰城人都摇头长叹,背地里暗骂"假洋鬼子",莫老爷子没有他法,唯长吁短叹。

最让丰城人和莫老爷子看不过眼的,是这小子还带回个日本娘们儿,一身长衫大袖,携一把蝙蝠伞,拉着莫子瞻的手,走出一路的招摇。

莫子瞻不当官,莫老爷子发愁;莫子瞻当官,莫老爷子更生气。

因为,莫子瞻当的,是日军的维持会会长。

莫子瞻回到丰城,几年后,日本人打到了丰城,听说城里有一个日本留学生,还娶了一个日本女人。日军小队长小野听了,带了礼物,急急来拜访,请莫子瞻出山,说:"为了中日亲善,为了大东亚共荣,无论如何请莫先生出山,力撑乱局。"

莫子瞻还没听完,一口应承下来,说:"早应该如此,中日亲善,是我的夙愿啊。再说,我也算日本人的女婿啊。"说完,拉着日本妻子,陪小野喝酒,聊天,朋友一般。

小野高兴地哈哈大笑,放下礼物走了。

莫老爷子知道了,直翻白眼,指着莫子瞻,骂"畜——生——"话未说完,鲜血狂喷,当夜身亡,死时,遗言:"生儿不忠

不孝,自己愧对祖宗,用布盖脸,不入祖宗坟茔。"

莫子瞻一一照办,这一点倒做得毫不含糊。

以后,莫子瞻无拘无束,整日出入日本军营,如常客一样。小野队长也是茶道中人,特爱品茶,所以,每次来时,莫子瞻总会提着一盒子,里面或是茶叶,或是点心。小野接了,哈哈大笑,拍着莫子瞻的肩道:"你的,皇军的朋友,我的朋友。"

莫子瞻总会点头哈腰,如一个大虾米,道:"谢太君过奖,谢太君。"满脸阳光,仿佛得了一个金元宝。气得丰城人背后暗骂:"狗!"

一日,是重阳节,莫子瞻又去了日军军营,提了一坛酒,一个大纸盒子,放下,对小野说:"今日是重阳节,按风俗,要喝酒,要品茶,要登高。所以,我就给太君送来了酒和茶。"

小野很高兴,留莫子瞻共饮,莫子瞻说还有朋友要会,一弯腰,匆匆走了。

莫子瞻走后不到一个时辰,一声巨响,那个茶叶盒子爆炸,竟是一枚改装的炸弹。日本军营,一片狼藉,小野和几个卫兵,都倒在血泊中。

日军气势汹汹,围了莫子瞻的院子,可大门敞开,连一声狗叫也没有,更别说人了。

莫子瞻早已进了山,参加了游击队。多年后,莫子瞻成了一位将军,仍然热爱茶道,戎马之余,总会让自己的日本妻子按日本茶道烹茶,品得有滋有味。

寻找生命

这是抗战即将结束时发生的一场战斗。

在西南的大山里,中日两支部队突然遭遇,双方展开了一场激战。

战斗中,将军的部队取得了明显的优势。

日军虽勇,但已是强弩之末,在将军部队的冲击下,溃不成军,伤亡殆尽。最后,逃出战场的,仅有一名日军。

战士们举起枪,被将军拦住了。将军放下望远镜,说,还是个娃娃呢,去找回来,否则,那小子躲在山上是死定了。

战士们听从将军的命令,进山去找了两天两夜,一个个垂头丧气地回来了——大山的深处,找一个人,难如登天。

将军望着远处的大山,山上云缠雾绕,夕阳如血,染红了将军的双眸。将军的眼前又一次浮现出一张十八九岁的娃娃脸,一声声地叫着"爹,救我,我不想死",那血,一口口吐出,吐得将军热泪盈眶。

战争有罪,可生命是无罪的。将军想。

将军用巴掌抹去脸上的热泪,招来一个侦察排,亲自领着上山去找。他不信,一个十几岁的娃娃,能上得天入得地?

将军要找的那个日本兵——准确地说,应是个日本娃娃——就躲在山上,躲在离将军军营不远的山上,弹尽粮绝,坐以待毙。两天两夜了,他没吃一点儿东西,没喝一口水。孤零零地一个人

藏在大山里,听着狼嗥狐叫,他的心里害怕极了。毕竟,他才十七岁。

他想家,想年过半百的父母,更想接近人。但此刻,他又最怕遇到人:八年了,他们在这儿种下了太多的罪恶,山下是一片愤怒的海、一片复仇的火,他下去,会被淹死、焚毁。

第二天下午,隐隐约约地,他听到了响动。有气无力地抬起头,他大吃一惊:他看到一队士兵在一个魁梧身影的带领下,向这边走来。

是来捉他的,他想。

他转身,拄着一根棍子,一步步向山顶爬去。风吹草动,也引来了将军和将军的士兵们。夕阳下,一个逃,一队追,逶逶迤迤。一群黑黑的人影来到了一处悬崖。

前面,是悬崖。后面,是一排明晃晃的刺刀。

他绝望了,抬起头,向遥远的天边望去。那儿,海的那边,有他的父母和樱花如雪的故乡——这一切他再也见不着了。他不想死,他还没活够,可他又不得不死。

他拄着棍子,一步步向崖头走去。

"站住!"一声大喝,让他一怔。

年过半百的将军向他走来。

"孩子,别干傻事了,战争就要结束了。"

"不,我绝不会做你们的俘虏。"

他年轻的脸上,露出桀骜不驯的神色。

"不会的,你还是个娃娃,我们不会把你当俘虏的,我们会把你送回国,送到你父母那儿去。"

他摇摇头。他想活,但他不信。

将军举起右手,五指向上,庄重地说:"对着这里的山,这里的树,这里的每一个人,我以一个军人的身份,更以一个父亲的身份向你保证,我说到做到。"

面对着这位老兵,这位慈祥的将军,这位伟大的父亲,他心中的一层坚硬的外壳慢慢融化,泪水一串串滚了出来。

"活着多好啊,再别让你的父母为你伤心了。"将军拍拍他的肩,伸出左手,手里,赫然是一个馒头。

"嗵"的一声,士兵跪下,这是一个军人对另一个军人的服膺,是仁义、慈爱、人性对帝国荣誉的征服。将军扶起这个和自己儿子差不多大的娃娃。他的泪流了下来,他又一次想起了自己的儿子,那个战死沙场的娃娃,那个吐着血,一声声叫着"爹,救我"的娃娃。

那小子要是还活着该多好啊,他还没活够,还没尝够生活的滋味呢。将军想。

青瓷赝品

小镇漫川,五水环绕,人杰地灵,其中名人,首推王三奇。王三奇原名王子翰,年老退休,赋闲在家,日常无事,画几笔画,赏几件古董,把个小日子过成了隐士般休闲。

王三奇的奇,一是绘画。散淡几笔,几茎兰草,无风自摇。叶间淡淡几点,几瓣兰花如蝶,清新淡雅。画旁题诗"兰生空谷,无人自芳"。

王三奇画画,不卖不送,独自赏玩,自得其乐。

二奇是赏古玩。一日,在古玩摊经过,见一破损瓷器,内画一鱼。瓷器已残缺,放在那儿,无人问津。王三奇拿着敲敲,袖中伸出二指,说,两千元,卖不?

摊主大喜,想这破瓷,从无人问,两千就两千。

成交之后,王三奇拿着青瓷,回家一洗,倒上一杯陈年老窖,只见清洌的酒内,杯中鱼儿须尾皆动,活了一般。

据说,这瓷,竟是当年元代宫廷珍品,第四天,就有人上门来买,给价十万,王三奇捋须一笑,道,万金不卖。

来人无语,悻悻而退。

而最让漫川人津津乐道的,莫过于第三奇了,那就是倔。老头子的倔,达到了极点,算得上小镇古今无二。

据说他当校长时,一日在教室外经过,听一年轻的生物教师上课,给生物定义道,这么说吧,天上飞的,地上跑的,都是生物。

他瞪圆了眼,敲门喊,小伙子你出来,出来!

小伙子不知发生什么事,忙忙跑出。他问,天上飞的飞机,地上跑的汽车是生物吗?一句话,让小伙子目瞪口呆。

还有一次炊事员抱些柴进厨房,枝梢向后翘着,他见了说这样稍不注意,枝梢就会伤到学生的眼睛。

炊事员偏不认错,以为没啥。

这让老头子十分生气,为了让炊事员牢记这事,马上命令把柴抱出来,重新按他的要求,截短了再抱回去。

气得炊事员当天饭也不做了,辞职回家。而这炊事员,正是他的妻子。

最倔的,莫过于后来发生的事。在他获得青瓷不久,儿子王小小就官运亨通起来,由教师改行,进入政界,副科长、科长,最后一跳,做了市长办公室主任,别说镇里县里,就是市里,也成了风光人物。

这其中,不说别人啧啧称奇,就连王三奇也连连称叹,说论才吧,儿子才能也并不突出啊;说是后台吧,数遍三服之内,自己也没一个台上人啊。

这实在只能归结为这小子命好。王三奇想。

大概在王小小当主任半年后吧,王三奇过生日,市长亲自来祝寿。市长出马,全市官员,谁敢落后?一时车水马龙,兴奋得王三奇老脸发光。

酒过三巡,菜过五味,市长提议看看那青瓷。

王三奇趁着酒兴,进了内室,拿出一个绸包,打开,是一个檀木盒。再打开,一件青瓷赫然在目。王三奇得意地拿出,倒一杯烈酒,那尾鱼在酒中展翅摆尾,栩栩如生。看罢,马上宝物归盒,抱入内室。

再出来时,市长连夸宝物,宝物,难怪王老先生十万元不卖了。

王三奇一愣,问,市长怎么知道?

儿子压低声音说,那是市长派的人。

王三奇一言不发,儿子在旁边扯扯衣袖,说,爹,市长今天给你这么大面子,再说没少照顾我,那瓷器——

王三奇抬头,见市长火辣辣的眼睛望着自己笑,就一咬牙,说,好的,既然市长要,老朽礼当献上。

说完,进了内室,再出来时,抱着绸包,可人老体衰,一不小心,摔倒在地,大家忙去拉起,打开木盒时,青瓷已经雪花粉碎。

满堂人长叹,市长更是脸色灰白,转过身,一摔袖子走了。

几天后王三奇抱着一个木盒,去了省博物馆,打开木盒,里面,赫然是那个青瓷珍品。

小镇汤铺

小巷一曲一折,再曲再折,折到极处,就有一个院子,很幽雅,也很安静,有一种古色古香的韵味。这,就是王一手的家。

王一手,不是真名,是小镇人起的绰号。

小镇,位于豫陕交界,一圈小山,如女人眉毛一样秀气,一曲一绕一弯,圈住这个小镇。小镇白墙黑瓦,小巷深深,透出一些岁月的沧桑。小镇很古老,小镇的居民,也一个个如古诗词中走出来的,一身书卷气,生活得悠闲,舒适,且讲究吃喝:就是吃酸辣汤,也必得摆一张小桌,放四盘菜,喝一口酸辣汤,夹一点菜,有滋有味。

镇上的居民,高兴了,就相约道:"走,去王一手那儿喝一碗汤。"

王一手的汤,是羊肉汤。在王一手院子正屋侧面,三间小屋,粉墙纸窗,一片素净。里面不卖别的,单卖羊肉汤。

常言说,酒香不怕巷子深,同样的,羊肉香也不怕巷子深,王一手的生意很红火。一早起来,就忙碌着架火,炖汤,一牛头锅的羊骨头,再加上五香作料,"咕嘟咕嘟",让一条巷子都罩在一片薄薄的香味中。

汤炖好,太阳刚出来,一个巷子在白白的亮光中,照出一片祥和。小巷里,也就热闹起来,一个个小镇人,沿着小巷的石板路,一步一步走来,走进王一手羊肉馆。

王一手也嘻啦着圆团团的一张脸,忙碌起来。

"一手,来一碗汤。"有人喊。

"好的,马上来!"王一手应,不一会儿送上,薄薄的汤,玉色,上面飘几根葱花。坐在凳上,缩着脖子嘬一口,一股香味,混合着暖热,直透全身血脉。

"好汤,香。"来人夸。

王一手双眼眯着,笑成一尊弥勒佛,有时,顺手会再给客人添一勺汤,一牛头锅卖完,汤铺打烊,解了围腰,换一身轻轻爽爽的衣服,陪街上的老少爷们儿下棋去了,或者说去别的地方转转了。

有人劝:"一手,生意再扩大点吧。"

王一手摇头,不答,只是微微笑。

"一手,钱多咬手啊?"有人道。

王一手仍微笑不答。

王一手就这么悠闲地做生意、喝茶、下棋,把个小日子过得轻云流水一般自自在在。

至于张小蛮子汤铺的出现,是在一天早晨。

那天早晨,王一手刚起来,准备熬汤,一阵鞭炮,把小巷的宁静炸得支离破碎。王一手系着围裙,摆着双手出去看,就看到了张小蛮子汤铺的招牌,锃光瓦亮,比自己的那块黑木招牌气派了许多。

张小蛮子见了王一手,笑笑,拱手招呼。

王一手也忙拱手招呼,而且转身回家,拿了一个红包上门,跟着别人一块儿随礼。

古话说,同行是冤家,可王一手并没有这种感觉。仍然,他一天一锅羊肉汤,卖完,打烊。倒是对面,生意一天一天红火:人,越去越多;王一手的生意,渐渐地有些冷淡了。

有人告诉王一手,对面的汤卖得比你的价钱低,拉走了顾客。

王一手笑笑,没说什么,继续按原价卖他的汤,一点也不着急,而且卖完,关了汤铺门就去下他的棋。这样过了一个多月,王一手的生意又恢复了过去红火的样子,相反,张小蛮子的生意渐渐地冷清了。

张小蛮子急了,脸整整瘦了一圈,整日过来讨教,问王一手下了什么作料,有什么特殊手法。

王一手笑,说:"不就是用金钱河的水,金钱河畔的羊,慢慢熬慢慢炖么。"

张小蛮子说:"是啊,我也是这样啊。"

"不就是下茴香、花椒、葱花么。"

"着啊,我也是啊。"张小蛮子说。

"那不就得了。"王一手仍笑眯眯的。

张小蛮子失望而归。

不久,小镇传开了一个谣言,王一手的羊肉汤之所以香,让人喝着上瘾,是因为里面掺的有鸦片熬的汤。

一句话,让小镇人睁大了眼,去王一手汤铺的人又渐渐少了。

王一手不争辩,不理论,笑笑,熬汤,炖汤,下棋,过他的小日子。

一日,卫生局人上门,说,听人举报,你的汤里掺了鸦片煎的汤,这是违法的。王一手笑笑,说,你们检验吧,是黑白不了,是白黑不了。

卫生局的干部舀了汤,一番化验后,拍拍王一手的肩,笑笑地走了。

王一手仍然笑笑地卖他的汤。

卫生局的人离开的那天晚上,王一手没出门下棋,办了一桌菜,热了一壶酒,请来张小蛮子,几盅酒下肚,王一手停了杯,望着张小蛮子的眼睛,说:"老弟,其实,你做了假。"

张小蛮子睁大了眼问:"做什么假啊?"

王一手拍了拍张小蛮子的肩,眯着眼解释:"金钱河羊是高山寒羊,味质天然,再用天然的金钱河水炖煮,味道鲜美。但这儿羊生长慢,因而羊价就高。可你的汤价钱特贱,不用假的,就会亏本,做生意的有一个做亏本的买卖吗?"

张小蛮子低下头,红了脸。

"再说,我和这儿养羊户都熟悉,算过账,这儿喂养的羊,买来炖汤,一天勉强也只够煮两锅,这就是我不扩大经营的原因,怕再有人掺和进来,不够用。"

张小蛮子的脸上流下了汗,嗫嚅道:"我——"

"还是一天卖一锅吧,这样,生意会好起来的。"王一手仍眯着眼,缓慢地说。

"大哥,我瞎了眼——"张小蛮子红了眼眶,想说什么。

"啥也别说了,好好做生意吧。"王一手拍拍张小蛮子的肩。

张小蛮子点点头,站起来,一鞠躬,走了。以后,小镇就有了两个汤铺;一样的格局,一样的规矩:一天只卖一锅汤。而且,两家生意一样红火。

更让小镇人惊讶的是,两个同行竟成了铁哥们儿。

小莲老师

小莲老师,确切地说,应叫小莲嫂子,是山根哥的屋里人。

小莲嫂子是人贩子买来的,不然的话,山外女子谁愿到我们这个鸟不生蛋的地方来,更何况是高中毕业生,又是小莲嫂子那样的人。

反正不知用什么方法,小莲嫂子被人贩子骗到了我们这儿,从此成了我们的小莲嫂子。

成为我们的小莲老师,那是以后的事,是小莲嫂子回娘家又回来后的事。

小莲嫂子在山根哥一家的看护下,生活了一年多,生了个娃娃,大家说,这回好了,可以放心了,有了孩子,打她,她也不会走的。

山根哥家就不再看管她,她却逃走了。

这一走就是半月,就在山根哥全家绝望,全村人都料定这个狠心的女人不会再回来时,小莲嫂子却回来了,瘦得失了人形,抱住自己的娃娃,亲啊舔啊,仿佛几千年没有看到。

原来,小莲嫂子回去了,可又舍不得孩子,就又回来了。回来以后的小莲嫂子从此安安心心地和山根哥过起了日子,脚勤手勤脑子勤,把小日子过得水响磨转。

大家都说山根哥前辈子修福积德,娶了个好媳妇,有文化,又斯文,又好看,打着灯笼也难找。那时,我还小,别人耍笑我,说给我找个媳妇,我说:"要找就找小莲嫂子那样的人,大大的眼睛,画个鸟雀都能飞。"我妈就笑着骂,说:"美得你,鼻涕流到嘴唇上,心气还怪高的呢。"

小莲嫂子听了,笑笑,清亮亮的眼睛一眨一眨的,说:"好好读书,读成器了,到城里说个城里妹子。"

话是这样说,可不久我们就停课了,我们那个头发花白的老教师退休了,别的老师都不愿意到这山旮旯来。每天没事,我们就到河里抓鱼,去山上逮蝎子,或者帮家里扯猪草。

村主任急了,说在本村请一个人吧,上一辈睁眼瞎,总不能让下一辈人也成为睁眼瞎。

在一天晚上,村主任和村里的大人、小孩都来到了小莲嫂子家里。当村主任说出自己的想法时,小莲嫂子直摇头,说不行不行,我不行。

村主任说:"你要是不愿意,娃们只有当睁眼瞎了。"

我们急了,都带着哭腔,说:"小莲嫂子,你就当我们的老师吧,我们听你的话,我们要读书。"

小莲嫂子望望我们,长叹一口气,对村主任说:"那我就试试吧,不行了,你们再换。"

就这样,山外来的小莲嫂子当了我们的老师。

小莲嫂子教书,笑眯眯的。我们呢,不叫她老师,仍叫她小莲嫂子:"小莲嫂子,这道题咋做的?""小莲嫂子,他刚才骂我癞皮狗。"小莲嫂子笑着,引导着我们:引导我们学,引导我们玩。仍是嫂子,不像老师那样严肃。

我们不像山外的学生,因为大人一般都在外面打工,所以,很多学生读一天书,回家干一天活,再读一天,交替进行。这样,小莲嫂子就得经常给学生补课。我,就是小莲嫂子补得最多的,因

而,大家都叫我"缺粮大户"。我很难受,小莲嫂子知道了,在班上说:"大家不要笑话李大石,李大石条件艰苦,可学习用心,我们应向他学习。"一句话,让我除掉了绰号,挺起了胸。

小莲嫂子有个收音机,课余,她就放给我们听,听相声,听歌曲,听山外的事。在元旦全乡的文艺会演中,我们按收音机中的《吹牛》排演的节目,还获得全乡一等奖呢。

可就在第二年的下半年开学时,小莲嫂子却离开了我们。

那时,我们的课本是在乡教育组领。吃过早饭,小莲嫂子就走了。我们要一块儿去,她说:"几本书,我一个人就挑回来了。"

她拍拍我们的头,笑笑,踩着亮亮的朝阳走了,走了就再也没有回来。

她走后不久,下了一场暴雨,村里人也没往心里去。可到了下午,还没见她的影子,人们才慌了神,沿着去乡里的路上找,在村子那边竹林的河沿上,找到了一捆书,湿漉漉的,扔在河岸上,而她却不见了影子。

几天后,河的下游人们捎来信,说他们发现了一具尸首,怀里还抱着一捆书。我们赶去看时,果然是她,静静地躺在那,怀里抱着一捆书,紧紧的。

下葬时,这捆书怎么也扯不下来。有老人在她耳边说,小莲老师,放心吧,书是拿去给学生娃用的。轻轻一抽,书就拿了出来。

那一刻,一村人都哭了。

永远的母爱

爷死时,九十三岁,活到现在,也是一百好几的人了。活着时,爷挂在嘴边的一句话是,猪啊,也有感情。

爷说着,吸一口烟,烟从鼻孔和嘴巴里吐出。爷的嘴巴和鼻孔像我家的烟囱,烟末一撮一撮添进烟锅,烟一缕一缕喷出来,呛得爷"呵呵"地咳嗽。

吐一口痰,爷说,日怪的,猪还有感情呢。

爷说,那是一个冬天,大概已进了腊月吧,还没下雪。可到了那一天,冷风呜呜地刮着,云一层一层地堆起来,那阵势,像——像——

爷没读什么书,形容不出来。我忙说,黑云压城城欲摧。

爷瞪我一眼,爷讲故事最不喜欢别人打断他的话。爷说反正那天的云很厚,很黑,到了天近黑,那雪片子就有铜钱大,一片一片向下砸。一碗饭工夫,外面就变得白亮亮的了,屋里也亮堂堂的,你奶切菜都不点灯了。

爷爱卖关子,不就是说雪厚嘛,偏不那样说,偏要说"亮"。我不爱爷说话卖关子,但我爱听爷讲故事。

那天,天气特别冷。爷说,我让你奶整了四个菜,暖了一壶酒,喝酒前,你奶偏让我到圈里去看一下母猪和猪崽,说别冻死了那些小家伙。

你奶那心眼,针鼻子一样细。爷说。

没办法,爷"哧哧"地踩着雪窝子,下了猪圈,往洞里一瞅,亮亮的雪光照着,老母猪睡在那,哼哼着。十个胖乎乎的猪崽吃着奶,你顶我,我挤你,哼哼唧唧一洞。

爷笑了,又抱了一把干草放了进去。爷回屋,舒心地嚼着盐炒黄豆,品着小酒。奶也抿了几盅:天冷,御个寒。一壶苞谷酒见底,爷睡了;奶收拾完盘碗,也踉踉跄跄地去睡了。

梦里,爷说,听到老北风狼一样地吼,震得窗户纸哗哗直响,不时,还有"咯吧、咯吧"的断竹声。那一场雪,哎呀,我活了九十来岁才见到这一次。

早晨起来,雪已齐腿胯子了。奶上完茅厕,边系着裤腰带边往猪圈跑,去看她的猪。

奶站在圈外,一叫,没见猪出来。再叫,没见猪出来,慌了神,就喊来爷,让下去看。爷下圈朝洞里一望,洞口有血。爷心里一惊,想,一窝猪怕完了,被狼吃光了。可再一听,哼哼的鼾声响得挺欢实,忙拨开草看,十个胖乎乎的猪崽子像胖萝卜一样并头并脑睡在那儿,有的咂嘴,有的还摆摆耳朵,睡得很沉。

爷想,有血,老母猪怕是被狼叼走了。没有脚印,没有叫声,四下里一片白,到哪去找?没法。自己赶紧和哭哭唧唧的奶一块儿回去磨豆浆去了。不然,这窝猪崽吃什么?

一直过了四天。老太阳晒着,雪才慢慢化去。第五天,奶去喂猪,看见圈里有两个雪堆,还显出黑黑的毛,就下圈去看,拂开雪,一屁墩儿坐在地上。接着,就死鹅一样地叫,快来呀,打狼啊。

爷拿着杠子,急三火四地跑来。圈里,老母猪把一头大灰狼顶在石头跟下。狼眼睛睁得圆圆的,嘴上沾满了血。猪顶着狼脖子,一点也不放松。爷拿起杠子去打狼时才发现,猪和狼都已没了气。

爷说，那天夜里梦中听到的风吼，其实是狼叫。大概母猪发现了危险，就用草藏好了小猪，然后跑出来和狼摆开架势对打。猪最怕狼呢，可那夜它却自己走了出来。最终，狼咬断了它的喉咙，在临死前的一刹那，它一下子顶住了狼的脖子，为了孩子的安全，它到死都没放松，以至于死后都是那样子。

爷说，那只老母猪其实是能逃走的，它常翻圈呢，可那一次它偏没有翻圈。

我说，它怕自己跑了，狼会吃它的儿，这叫"舐犊情深"。

这次，爷没瞪我。爷坐那儿，木桩一样，脸上有泪。哎，一窝猪崽，亏得你奶伺候。猪活了，你奶却死了。

爷说，你奶在猪圈翻上翻下，动了胎气，出现难产。送到医院，医生征求意见，说是只能保住一人：是大人呢，还是小孩呢？爷说当然保大人。奶听了，一口唾沫吐过去，说，要娃，娃还没活人，还没看够呢。

一句话，爹活了，奶死了。

爷说到奶，九十多岁的人了，还哭鼻子，这会儿，我再也找不着一个成语来劝爷了。

一个叫梅的女人

梅是女人，一个很有韵味的女人。

梅在雪天出生，也喜欢雪，但并不喜欢在雪山驻防的肖白。

梅嫌肖白是死脑子，木头人。

梅要肖白回来。梅说,城里没有你那儿好吗?死守在那儿?哪年哪月是个头?可肖白在那头只笑,就是不回来,还说傻话,他走了,大黄孤单,哨所谁守?

大黄,是哨所中除了肖白之外的第二个生命,一只狗。

梅就流泪了,一滴滴,落在衣服上,梅花瓣瓣。

肖白也回来过,陪着她,不是像别的恋人那样,挎着胳膊搂着腰,问女朋友爱吃什么,爱穿什么。而是一头钻进狗食店,买了一大包东西,说给大黄的,可怜大黄在雪山上,没吃过一点肉。说完,回过头,早不见了梅的影子,只有路灯亮了一地水色。

肖白就站在路灯影里,看着自己长长的影子,挠着头发。

给肖白打过几次电话,可有一句话,梅总是吐在舌尖,打一个滚,又咽了回去。梅觉得,这仿佛有点残酷,毕竟恋爱了三年了。

梅爱上了另一个人,文人刘复。

刘复能画梅,一支笔,沾上墨,在宣纸上几笔点染,一枝墨梅,香气袭人,看得梅眼光一闪一闪的,有一种水汽弥漫着。

刘复毛笔不停,题一行字:梅香如荷,梅心如雪。是夸花,也是夸人,然后,题上年月日,按上印,双手捧了,递给梅。

梅淡淡一痕笑浮上面颊,如梅萼初开。

刘复会吹笛,月夜下,一支笛,吹得水流花漂,不着痕迹。往往,梅坐在楼上,听着笛子,一颗心就漂浮在水面上,漂啊漂啊,一直漂到天尽头。

在一个月圆的日子里,刘复捧了一束玫瑰花,很绅士地献到她的面前。

梅接下,一颗心,也被幸福笼罩着。

为此,梅想,她要到雪山上去,把她和肖白的事情给解决了。

刘复要跟着,以他的话说,让梅一个人跋山涉水,一想,心就会疼,陪着,心里反而安然。

梅又一次被幸福笼罩着,眩晕阵阵。

经过了几天奔波,他们终于到了那个哨所,终于见到了那个人。肖白看到梅,咧着厚厚的嘴唇,笑了。大黄也跟来了,兴奋得又跳又叫。

在肖白面前,她没说刘复是她的恋人,说是同学,来旅游的。她想,到适当的机会再告诉他,更好。

雪山很白,在白雪茫茫中,闪着一片银光。

梅感觉到,在雪的映衬下,自己的确像是一枝梅了。

第二天,刘复建议,他们到雪山上去转转。梅答应了,陪着他,两人向雪原那边走去,两人感觉如在水晶仙境中一般。

大概过了上午,两人游兴才减,决定回去。

可雪原天气,说变就变,晴朗朗的天,不一会儿阴云密布,雪花大团大团飞舞,四野一片迷茫。

在铺天盖地的大雪中,两个人迷瞪地走着。

他们喊,声音被风顶回,只有雪在四周密匝匝地下,天昏地暗。天也黑了下来,没有方向,没有声音,在雪原中,只有死路一条。

突然,远处一点亮光,接着大了起来。

他们大喜,朝着火光走去。

他们赶到时,看到一个人,直直地坐在雪地里,已经成了雪人,喊,不应。拉,也不动。拂去脸上的雪花,是肖白。他的面前,有一堆黑灰,是棉袄烧过的痕迹。他来找他们,没有找到,赶上大雪突变,就点着了自己的棉袄。

他的旁边,大黄蹲着,"呜呜"地叫,眼睛中竟蓄满了泪。

梅叫,大黄不动。拉,大黄也不走。

雪越下越大，无奈，梅和刘复只有离开大黄，踉踉跄跄地下了山。走了很远，仍听到大黄在悲怆地叫着。

带着忧伤，还有疲惫，梅回到哨所。单人哨所里，静静的。桌上，有一张纸，上面写着字，显然是肖白的，还没有写完，上面道：梅，如果你觉得刘复好，就和他好吧。她的心中，突然一痛，泪水，又一次模糊了双眼。窗户没有关严，隐隐约约，有狗的叫声，在雪山上顺风传来，悠长悠长的，一直贯穿着人的灵魂。

万民伞

他叫吴盛，吴县人。

他叫周至，也是吴县人。

他们是同窗，小时，一个私塾，一个先生教，一个房内坐，背的是同一篇文章，挨的是同一把戒尺。

他们同年束发，同年举行成人礼。

老师说，他们是吴县两颗星，文曲星下凡。那年，乃大比之年，他们作别故乡、父母和老师，同租一条船，扬一帆风，去了京城，参加科考。

一切，都顺利得异乎寻常，他们考中进士，帽插宫花，跨马游街，好不风光。

发榜做官的时候，又是出乎意料，两人竟是邻县，都担任七品县令。七品县令，那也是官啊，治理百里之才，可出得将，也可入得相，当年刘备手下的庞统不就是这样吗？

他们一脸阳光,又合租一条船,去了任所,挥别之时,互相发誓,做官,就做好官,做百姓爱戴的官。

可是,好官,并不容易做。

吴盛去后,不久,一个官绅相请,去府里小坐,一而再,再而三,盛情难却,就去了,山珍海味,活色生香一桌。

更活色生香的,是一个歌妓,眼波一瞥,歌喉一转,春暖花开,万般风情。

吴盛醉了,心醉了,在那个歌妓的频频劝杯中,酒也喝多了,醒来,睡在乡绅的床上,怀中抱着个娇滴滴的女子,正是那歌妓。然后,乡绅出现了,双眼大睁,愤怒地大喊道:"堂堂县令,睡人小妾,成何体统?我——要上告——"

这,当然是吓唬吴盛。

吴盛一听,立马软了,哀求乡绅高抬贵手,放自己一马。乡绅捋着胡须说可以,但是,县衙左近有一块地,自己很想盖房,如能到手,此事权当子虚乌有,到时生意做成,利息平分。

吴盛看着跪在旁边的小妾,梨花一枝春带雨,不胜凉风的娇羞,一咬牙,应了。

乡绅呵呵大笑,扔下两个人,转身离开。

有了一次,就有二次、三次——吴盛的进项,滚滚而来,溪水长流。此县百姓,大灾连连,嗷嗷待哺,吴盛却闭耳不闻,弦管丝竹,无日无之。

周至听了,又着急,又气愤,一咬牙,大量购买粮食,用船一条一条运往邻县,赈济百姓。同时,一声长叹,让一个差役送一封书信给吴盛。吴盛接过,一手搂着美女,一手展开信封,里面,是一张纸,上写吴盛周至二人名字,一条横线将两个人的名字分开。

他知道,这是绝交信,一条线表明,两个人泾渭分明。

吴盛又气又恼,骂声死脑筋。

三年县令,两人一直如此。三年后,二人同时调动。

周至走时,一县百姓,夹道流泪,送出城门,送上一顶万民伞。吴盛呢,白天不能走,百姓扬言,将放鞭炮欢送瘟神,于是,晚上偷偷离去。

那夜,风很猛,浪很大,吴盛的船竟遭到风浪,沉没江心,连同船一起沉没的,还有吴盛。大家听了,拍手称快,在县衙前的城隍庙里,连唱三天三夜大戏,以示庆贺。

周至离开,来到吴盛落水的地方,流着泪,焚上一沓纸钱。

只有他知道,吴盛贪污,是一种无奈。

他所在的县,三年大旱,颗粒无收,朝廷一文救灾银子不给,而且赋税照收,此县百姓流离失所,已无活路。吴知县知道后,长叹一声,没有他法,唯有弄脏自己,做个贪官,专受富户银子。

他所受的银子,每一文都悄悄托人交给周至,让他换成粮食,送到本县,救济百姓。

为了做得逼真,吴盛让周至写了一封绝交信,掩人耳目。

祭拜完毕,周至把万民伞拿出,悄悄沉入江底。他想,吴盛比他更有权力享有这项殊荣。

笨拙的母爱

这种野兽,是这儿独有的,叫豺豹,长得如灵猫,可凶猛如狼,眼睛瞪得圆圆的,定定地望着灯光,不跑,也不躲。

打猎人趁这空儿,一枪就会撂倒一只豺豹,而且,这方法从没放空。也因为这样,这儿人打猎,一般在夜里。

他听着向导介绍,微微地笑,十分高兴。

他坐着车来的,到了豺豹出没的地方,让车停下来。下了车,他让司机把车灯打开对着山上,亮得一山都是白色,如探照灯一样。

灯光下,满山动物都在奔跑着。向导说,快打,以你手中的狙击步枪,一枪一个,今夜一定可打半车野物。

他笑笑,一动不动。

他这次来,不打别的,专打豺豹。

上司要来,上司在手机里对他说:"小李啊,来考察你的人很多,都想尝尝你们那儿的特产——豺豹肉,听说细腻可口。你可要准备好哦。"

他笑着答应了。

本来,他准备买一只的,可是一想,还是亲自去打,到时,大家下来一尝,再听说是自己夜里亲自打的,对自己的好感,一定会是加倍的。

雪白的灯光下,动物逃窜一空,不见一个豺豹,他心里有些急了。

"打的人多了,快死绝了。"向导说,然后让把灯光移动角度。司机按照要求,转动车灯,他和向导,顺着灯光寻找着。

"瞧,豺豹。"向导轻声说。

他顺着手指,终于看清了,雪白的光中,一只非豹非狼的动物,立在光柱中,非常清晰。

豺豹的叫声长长传来,显得惊慌而刺耳。

"它发现我们了?"他问,握紧了抢。

"不要紧,这个笨家伙,只要眼睛在夜里与灯光相对,你到面前,它也不会动。"向导说,吩咐司机,把灯光打亮些。

他为了更有把握,和向导向山上爬,来到豺豹面前不远处,举着枪向豺豹瞄准着。这时,他们才发现,这个大豺豹身边,还卧着一头小豺豹。

豺豹面对着枪口,眼瞪得大大的,慢慢地,眼角滚出晶莹的东西,是眼泪。

他的心,微微一动。豺豹并不笨,他想。

接着,豺豹两只前腿缓缓跪下,面对着他。

"它——它求你放过它们。"向导说,过去打猎的,经常遇到这样的事。

他的心有些矛盾起来:打,不忍心;不打,豺豹肉从哪儿来?想到自己的前程,想到自己以后的官运,他的枪又一次握紧了。

就在此时,向导惊叫一声。

他回过头,一只野兽,一只灰背的狼,不知什么时候靠近了。

显然,这是一只饿极了的狼,不顾危险向他袭来。

他想开枪,已经来不及了。

恰就在这时,灯光灭了。下面,司机嚷,线头断了,不要动。

他心里一冷,闭上了眼,想,看样子,今天是死定了。可是,灰狼并没有扑来,而是在他脸旁刮过一股锐风。接着,是剧烈的撕咬声,吼叫声,在旁边响起。

他和向导躲在大石后,一动不敢动。

随着一声凄惨的狼嗥,一切都静止了。

他忙打开身上装着的备用手电筒,灯光下,灰狼倒在地上,喉咙已被咬断,咽了气。豺豹也躺在地上,胸脯被撕裂,奄奄一息。

那只小豺豹靠在母豺豹怀里哼着,拱着小脑袋。

母豹伸出舌头，舔着小豹，又望望他们，眼睛里满是乞求的神色，一动不动。过一会儿，不见母豹动。他过去一摸，母豹已死了。

那一刻，他的泪水竟然忍不住涌出来。

他抱起小豹，连夜下了山。

"自然界中，弱小动物如果同时遇见两种凶猛的野兽，无路可逃时，作为母兽，一般会主动向最凶猛的野兽出击，纠缠住它，让自己的孩子与较凶猛的野兽周旋，以此为小兽争取一线生机。"一天，他拿着一本有关动物的书籍，读到这段话，一时，恍然大悟。

他想，将人类与狼相比，在母豹的眼中，大概人类一定比狼要善良一点吧，它一定也是用这种办法，为自己的孩子争取一线生机吧。

又一次，他的眼泪涌了出来。

小瓜和尚

小瓜下山那年，十八岁，是个眉眼青葱的和尚。

小瓜正走时，一架风筝飞起，飘啊飘的，落在树枝上。小瓜看见，很是喜欢，一跃身拿下风筝。

小瓜轻功很高，落雪无痕。

拿着风筝，一袭栀子花香淡淡冲入鼻端，真好闻。

随着香气，一个女子走来，一笑，江南花草都开了，绿了。女

子笑着说:"小和尚,把风筝给我好吗?"小瓜送出风筝,忙缩回手,脸红了,心也跳了。

十八年来,小瓜第一次见到女人。小瓜想,女人,真好看!

"谢谢。"女子一笑,甜甜的。可小瓜仍不理女子,向后退了一步。

"怎么,怕我?"女人瞪大眼睛问。

小瓜嗫嚅道:"女人像老虎呢。"

"像老虎?"

"师父说,女人像老虎。"小瓜双手合十,红着脸说。女子咯咯笑了,亮汪汪的眼睛瞟了一下小瓜,很水的眼光,道:"我像老虎吗?"

小瓜摇摇头,不像,山中老虎多猛,这女子是老虎的话,自己宁愿让老虎吃了。小瓜知道,自己不该这样想,师父知道了会责备的,可是,小瓜又禁不住不想。

他想,他得走了,不然佛祖会怪罪的。他刚迈步,女子"哎"了一声。他回头,女子说:"小和尚,别走。"

他就不走了,双手合十,直直地站在那儿。

女子说:"帮帮我,好啵?"女子说"啵",像水泡"啵"一声荡开,小瓜心中一层层水纹荡漾,摇曳生姿。本来,他准备摇头的,可是竟不由自主地点了点头。

女子说,王尚书府上有一幅卷轴,是她家的,红绸包着,希望小瓜给拿来。小瓜一听,当即答应了,他下山,就是行侠仗义的。

当晚,小瓜仗着一身轻功,进了王尚书府,按照女子介绍,拿到卷轴,交给女子。女子接过卷轴,娇媚一笑,挥挥手,走了。

江南山水,顿时黯淡下来,雁叫云低,一片凄迷。

小瓜的心中,忧伤如梅雨延绵,没有停止。

他一路行去,无精打采。沿途所见,人心惶惶,朝廷军队纷纷败退。原来,朝廷出兵时,作战计划已外泄,中了敌国埋伏,一战大败,边疆形势岌岌可危。

小瓜和尚的心里,更是沉沉的,愁云弥漫。

那日,来到一处店里,刚租下房子,眼前一亮,那个女子又出现了。小瓜和尚眉眼闪了一下,又忙低头念佛。女子问:"小和尚,不认识我了?"

小瓜轻声问:"施主有事让小僧做?"

女子一笑:"不可以想你啊?"

小瓜脸红了,朝外一望,问:"那是谁?"女子一回头,身上一麻,被小瓜点了穴道。女子睁大了眼:"小和尚思春了,劫色?"

小瓜脸又红了,忙摇着手道:"你是奸细。"

那次偷画之后,不久,朝廷军队失败,原因传出,是王尚书府上作战地图丢失。小瓜和尚一听,大汗淋漓,知道自己上了女子的当。

"不傻啊,小和尚。"女子眼光一漾,"不喜欢我?"

小瓜望了一眼女子,低下头轻声道:"喜——喜欢。"

"放了我,我嫁你。"女子柔声说。

小瓜摇摇头,不发一言。

突然,星光一闪,一支镖从窗户飞来,打中女子。女子惨叫一声,软在地上。小瓜冲出去,不见一人,又跑回来,望着女子。女子脸色渐渐变黑,惨笑道:"是我的同伙,杀人灭口。"

小瓜随师父学过疗毒,一看女子,就知中的剧毒,唯一解法是吸毒。他撕开女人脖领,对着后背伤口吸起毒来。

"别,你——你会死的。"女子惊叫。

小瓜不理,一口口吸着,一直吸到黑血变红为止。这时,他感

觉头晕沉沉的,倒了下去。女子抱起他,流着泪问:"为啥救我?"

"爱你!"他喃喃道。

"可——为啥抓我?"女子泪落连珠子。

"你是奸——奸细。"

说罢,小瓜咽了气。女子泪水一颗颗落下,落在小瓜脸上。她轻轻在小瓜已变黑的脸上亲了一下,站起来,一步一步走向当地县衙。

自首,是自己一种最好的忏悔。她想。

老王的秘密

镇处南北,水路通船,旱路通车,因而人多。人一多,商铺就多,一个挨一个,鳞次栉比,很是繁华。

税务所在镇的西头,门前一道水,一排柳,一弯小桥。过了桥,就到了镇上,风景很美。所以,调到这儿,小李很满意。

小李一来,就被分到老王一组,在镇上收税。

老王四十多岁,笑眯眯的,一副弥勒佛的样子,可嘴皮子挺能说,什么税收取之于民用之于民啊,什么经商交税天经地义啊,头头是道。再加上,他在这儿人缘好,见了商户,哈哈一笑一提醒,税就交了。

小李很佩服,说,王哥,教教我,怎么干的?

老王满脸放光,眉飞色舞,扳着指头一条条往下教,首先,要和商户交心;其次,要想他们所想。然后,指指心,一颗心要放正。

小李听了，连连点头说，收税还有大学问呢。

老王笑，当然，跟着王哥学着吧。

学着学着，小李就发现了个秘密。收税时，有家叫"湘湖服装超市"的商铺，老王特怕，总是绕着走，不去硬碰。暗地里却指使小李，这一家，你去收，把关要严噢。

一次，老王从镇上回来，愤愤地说，瞒税不报，还动粗。

小李一听，问怎么的？

老王指指自己的耳朵，问，是不是红了？

小李一看，哟呵，耳朵明显被人扯过，不但红，还充血了，忙问，哪一家？

老王没好气，说还不是"湘湖服装超市"。小李一听，拿出手机就拨号。老王问，干什么？小李很生气，报派出所，打税务人员，这还了得。

老王急忙放下茶杯，一把拉住，说，老弟，千万别打。

小李望着他，很是不解。

老王笑笑，解释，揪一下耳朵没啥，人民内部矛盾嘛，千万别打，否则，加深税务人员和商户矛盾，不利于工作，不利于和谐啊。说完，他一拍脑袋，对小李说，通过一段时间观察，自己觉得，小李工作能力超强，有足够能力拔除钉子户。

小李笑笑说，给我戴高帽子，不会让我去"湘湖服装超市"拔钉子吧？

老王一听，连连点头，许下重赏，拔下这颗钉子，自己晚上在"好再来"为他庆功。小李被一夸一诱惑，一拍胸脯，走了。

老王不放心，送他出门，叮嘱道，那娘们儿刁，眼睛放亮点。

小李点头而去，没想到，去了，一切办得出乎意料地顺利，他很激动，忙给老王打个电话，说拿下了。

老王问,拿下了? 地下仓库还有衣服,知道不?

小李说啥,还有地下仓库?

老王说咋样,那娘们儿刁,快去查。小李一听,去找老板娘。老板娘听了,叹口气,带他去了地下仓库,里面果然存着衣服。一清点,五千来件。小李正登记着,老王又来电话了,听说五千件,马上断言,货物转移了,还有五千件。

小李说地下室就这么大啊。

阁楼,狡兔三窟,她还有个小阁楼。老王提醒。

小李转身,提出去阁楼看看。

老板娘又叹口气,说,看吧看吧,我知道瞒不了。

小李完成任务,兴冲冲回到税务所。老王一见,呵呵直乐,一把拉了他下馆子,道,拔了钉子户,王哥给你庆功。二人坐下,三杯两盏,小李又疑惑了,问王哥,她进货的情况,你咋那么清楚?

老王得意地道,她咋会瞒我?

小李呆了,她扯你耳朵,啥事又不瞒你,王哥,别——别是相好吧?

老王一皱眉道,做我相好的,她呀——不配。

那顿酒喝得并不多,老王走出来,却摇摇晃晃。小李忙去扶,老王说不用,我是装的。看小李疑惑不解,解释道,醉了,就不会受惩罚;不然,这耳朵怕不得让"湘湖服装超市"女老板给揪掉。

她敢? 小李问。

她就敢,刁着呢,而且经常这样。老王摸着耳朵道。

为什么?

她是我——老婆!

羊儿的乳名

他进了城。

城,离老家并不太远,高速路修通后,也就是三个小时的路程。可是,一年里,他很少回去,一般都是过年回去一次。平日里很忙,在城里有工作,有交际,有朋友。总之,城里有他的一切,走不开。

娘就打电话,娘说,儿啊,啥时候回来啊?

他说忙呢,走不开呢。

娘说,你不是说喜欢吃山里的羊肉吗,娘准备喂一只羊。

他听了急了,娘已经近七十的人了,身体又不好,喂只羊,那咋行?到时候羊绳子一绊,娘就会摔倒,那可不是小事啊。因此,他忙劝道,娘,要注意身体,千万别养羊。

可娘不听。娘一旦主意定了,谁也扭不转。

娘买了一只小山羊,用根绳子牵了,整日拉着上坡去。以后每次来电话,娘总会高兴地说,小山羊长得很快,还很听话,自己走到哪儿,它总是跟到那儿,一会儿不见,就会叫,像个恋娘的孩子一样。

妻子在旁边听了通话,咯咯地笑,说老人如小孩,真逗。

他也无奈地笑笑,挂了手机。

爹过生日的时候,他打电话回家,让爹和娘进城来住段日子。爹来了,娘却没来。爹说,你娘没空,说自己走了,小羊没吃的。

然后,爹就摇着头,说为这只羊,你娘可上心了,每天一早起来,拉上羊出去吃草,自己吃没吃都不放在心上。还说,一次,小羊病了,娘竟喂小羊豆浆喝,怕烫了,还自己先尝尝。

妻子听了,又笑,说老人真逗。

他也笑,觉得娘真的越老越像个小孩了。

到了腊月,娘又打来电话,又说起小羊,说有小贩上门,想买羊呢,一斤二十块,贵着呢。妻子在旁边听了,笑着轻声对他说,老太太动心了,想卖钱了。

他一笑,在电话里随口道,那就卖了吧。

娘说,卖?不卖,舍不得。

他关了手机,望着妻子,满脸幸福。妻子也一笑道,过年有羊肉吃了。

他听了妻子的话,也满是向往地说,到时,我要吃清蒸羊肉、红烧羊肉、烧烤羊肉。说着说着,大吞馋涎。现在,羊肉涨价了,在城里,一斤羊肉要花几十块呢。而且,城里的羊肉总少了山里羊肉的那种味,不像个羊肉。

因此,年假一放,他就和妻子回家了,进门就喊,娘,炖羊肉吃。

娘迎出来,伸着双手,张着嘴,只是笑。

爹说,羊没杀。

为啥?他不解地问,卖了?

娘摇着头说,它像个娃儿一样,紧恋着我,我下不了那个念头。

他和妻子对望了一眼。

这时,那只羊儿也跑来凑趣。羊儿不大,却胖,浑身雪白,脖子上挂着一串铃铛,一路跑着,洒下一串清凌凌的铃声,跑到娘跟前,抬着头,咩咩地叫着,还用嘴拱着娘的手,如一个撒娇的娃娃。

娘满眼慈爱,摸着羊儿的头说,看看,多像个懂事的娃儿啊。

这时,他才注意到,羊儿脖子上挂着的那串铃铛,竟然是自己小时,娘戴在自己手腕上的那串小铜铃。那时,他张着手,跟着娘在田野里跑着,一串铃声流淌,如一串花朵在风中盛开。

田野里,有他稚嫩的笑声,有娘幸福的笑声。

这一切,都消失了,消失在岁月深处。

娘说,羊儿饿了,要吃的。说完,拿了些晒干的青草向外走去。羊儿没跟上,娘回过头喊:"旺儿,快!"羊儿听了,咩的一声叫,飞快地跟了上去。

望着娘的背影,和紧跟在娘腿边的羊儿,他的泪突然滚了出来。

羊的名儿叫旺儿。

他的乳名,也叫旺儿啊!

你若盛开,清香自来

大学毕业,分到单位,他做了冷总的助手。

冷总,是大家对冷总工程师的简称。他以为冷总是个老头子,见了面,则大惊,眼前是个三十左右的书生,一副眼镜,见人一笑,很少说话。

这样的人,做学问可以,在外面搞规划搞建设,悬乎。跟着他,能学到什么?他的心中,有些微失望。

他想,现在,自己和这位冷总算是一根线上拴的蚂蚱了,他得替冷总悠着点,努力向外推介冷总:推介冷总,也算推介自己。

他觉得冷总的话太少,对个人介绍得很少。因此,每次参加什么研讨会学术会,他会极力钻进人群,尽心尽力指着冷总向大家介绍,什么国内著名建筑大师啊,曾经获得过什么奖啊等等,一一道来。每每说到这些,冷总都会拦住他,悄声问:"说谁啊?"

他得意地道:"说你啊!"

冷总摇着头,连连道:"没有的事,别胡吹。"

他却大不以为然,现在这社会,什么都可以不需要,唯独不能不包装。他看了冷总名片,也十分不满:一张破纸片,上面印一个名字,一个电话号码。这怎么行?

他重新设计了一套名片,装潢精美,银线镶边,上写:国内知名建筑大师冷星,总工程师。然后,印上电话号码。当然,也没忘了在下面印上冷总助手的名字和电话号码。这样做,一石二鸟,冷总扬了名,自己也逐渐为人所知。

他把这盒名片送给冷总,满以为冷总会十分满意,大夸特夸。谁知冷总却很不高兴,说道,人应走扎实点,怎可大吹特吹呢。说完,把这盒名片锁进了办公桌。对外,仍用自己的旧名片。

他长叹,这人看不清市场形势,跟不上社会大势,看样子,活该他受"冷",只是害得自己受憋屈。

可是,事实恰恰相反,几个月下来,他惊讶地发现,这位冷总的生意格外火爆,来找冷总规划工程的人络绎不绝,有一个工程还是本市标志性建筑。

他跟在冷总身后,乐呵呵的,忙得不亦乐乎。

私下里,他请教冷总,询问他工作业绩如此显著,人气如此之旺的原因。冷总推了下鼻梁上的眼镜道:"你若盛开,清香自来。"

这句诗一样的语言,让他如品橄榄。

随着时间流逝,逐渐地,他也想主持一项工程。他想,这样一来,自己也就可以像冷总一样了。可是,想法刚端出来,就遭到冷总的批评:"你这是侥幸,是冒险,坚决不行。"

"为什么?"他问。他的理由很充足,自己名牌大学建筑系毕业,导师也是建筑界元老。现在自己出学了,又跟着冷总一起,实战演习了一年,可以接一件工程了。

"你那么多生意,分一项我来干,不是很好吗?"

冷总摇摇头,仍不答应。

"怎么,我会抢你的饭碗?"他有点愤怒。虽说,他是冷总助手,可由于年龄相当,两人几乎成了无话不谈的朋友。

冷总并没生气,翻出个笔记本,一条条指给他看,哪月哪日,在一项工程中,他提议所用钢筋标号不行;哪月哪日,在一项工程中,他所提议的水泥质量不达标;哪月哪日,在一项设计中,他的建议没被采纳。

事情记得清晰明白,让他目瞪口呆。

冷总拍拍他的肩,告诉他:"建筑无小事,稍一侥幸,事关人命,大意不得。"冷总说话,句子很短,很干脆。

又过了一年,一日,市委搞一项工程,点名要冷总主持。冷总愉快地接受了任务。可是,天有不测风云,突感身体不适,一检查,需要住院一年,面对工程,冷总犹豫不决。

他见了,劝冷总住院,工程,自己可以主持,翻不过梁的,可以请教冷总。冷总想了一会儿,拉着他的手道:"就这样。"于是,工程,以冷总的名义,在他的主持下,一步步展开。

半年后,工程圆满结束。全市电视抽查,市民对工程质量满

意度竟达到百分之百,一时,轰动全市建筑业。大家议论纷纷,都说冷总又放了颗卫星。

为此,市里召开了一场新闻发布会。会上,大家纷纷请冷总做经验介绍。冷总一笑,推出他道:"这是我的助手小李主持的,其间,我一直住在医院。"

他被推上前台,一时,大家睁大眼睛,掌声如雷。

他成功了。会议结束,他送冷总回医院,冷总笑了,告诉他,不用了,自己本来就没病嘛。他愣了一下,接着醒悟过来。原来,这是冷总在给他创造机会啊。

"谢谢你,冷总。"他感谢地道。

"要谢应谢你自己,是你自己给自己创造了机会。"冷总笑着说。

这一刻,他理解了冷总那句"你若盛开,花香自来"的意思了。要赢得机会,赢得成功,首先,自己应有实力,有才能。这,才是推介自己最好的方法。

小狗淘淘

女人走在前面,细细的鞋跟叩击地面。小狗淘淘不知是什么,就追,就捉,如一个雪绒球,脚前脚后跳着,扑女人鞋尖,憨态可掬。

突然,链子绊住鞋跟。淘淘不知道,还跳着。女人喊,淘淘,淘淘。淘淘停下,一对蓝汪汪的眼睛望女人。女人弯腰,抬脚,抱起淘淘,用温润的红唇在淘淘鼻尖上撮一下,一笑。

这一刻,一街男人的心里都爬满蚂蚁,恨不得自己就是淘淘。

女人抱着淘淘走回家,长长地伸个懒腰,一抬腿,一双高跟鞋落在地上,那团洁白的绒球跳下,叼起鞋,滚到鞋架边,放下,又叼来一双大红绒面的拖鞋。

女人高兴了,说,淘淘乖,淘淘懂事。抱起来,在那黑黑的鼻尖上吻一下,算是奖赏。

人和狗疯累了,就坐在沙发上看电视。有鹿啊狼的从屏幕跑过,淘淘就叫,很勇敢。

男人呢,瞅空往女人身边凑。还不等坐近,淘淘就发现了,耸着鼻尖,一声声叫,抗议。

女人"咯咯"地笑,说淘淘真好,淘淘是我的保护神。

男人很尴尬,很无奈,酸溜溜地说,我还不如淘淘呢。

女人白了男人一眼,说,你如淘淘吗?你有淘淘机灵吗?要有,怎么现在还是个小职员?

一句话,戳到男人的软肋,男人一言不发,默默地吸烟。原来,男人有过一次提升的机会,可死清高,该出手时不出手,那职位被另一个人得到了。

女人说的,就是这事。

女人看不起男人,觉得他窝囊。跟着这样没出息的男人,受罪。

男人呢,爱女人,极力讨好女人。可每次,女人总眼皮一拉,不领情,"哼"一声,走了。

男人无奈,退而求其次,讨好淘淘,以此讨女人欢心。男人给淘淘买狗食,给淘淘洗澡,有时,也吻淘淘鼻尖。开始,淘淘反抗,渐渐地,淘淘不叫了。后来,变被动为主动,反而生分了女人。气

得女人说,淘淘,你个小没良心的。

不管男人怎样讨好,也拢不住女人的心。一天,女人终于提出离婚,说什么也不要,只要淘淘。

男人无言。女人有相好的,男人知道,男人从没点破。

楼下有喇叭声,一声声传来,很急。女人说,就这样吧,你要是个男人,就高姿态一点,过几天把手续办了,好合好散。

女人说完,抱起淘淘,下楼了。

男人愣在那儿,突然看见桌上的包没拿。男人想,谁要你的东西。拿起来,就去追女人。

男人下楼,女人已到了小车边。

车上下来一个胖子,问女人好了吗。女人说好了,分手了,我的话他一向都听。女人说时,眼睛里蒙上一层雾。

胖子说,哟,藕断丝连啦。就去拥抱女人。淘淘不干,耸着鼻尖叫,很凶猛。

胖子皱着眉说,嗨,怎么抱着这么一只笨狗,多掉价!说完,从女人怀里接过淘淘,一下扔在地上。淘淘打个滚,站起来,"汪汪"地叫。

路那边,男人举着包,喊什么。

淘淘咬着女人裙角,向那边拉,胖子一脚,淘淘一溜跟斗,翻起来,又叫两声,转过身,一团雪球,向路那边的男人滚去,在一声凄厉的汽笛声中,飞了起来。

男人女人都惊叫一声,向淘淘跑去。

女人身后,传来胖子的叫声。女人不应,抱起淘淘,如抱起一个熟睡的孩子,一步步,向路那边走去。

女人想,淘淘真是有灵性呢,有时,竟远远地超过人。

狐媚子

荼蘼是狐媚子。许多人都这么说。

怎么个狐媚子啊？我问。答案是多种多样，但有一条异口同声，不当茶馆服务员，却去当舞女，不是例子吗？

这女人，骚，老吴，你去一见，一准发软。有熟悉的人笑着说。

我不信，凭我，走南闯北，什么女人没采访过，岂能躲着她走？再说，我从省城里来，是有任务的啊：这个市，对下岗女职工再就业的安排，是全省闻名的，我就是冲着这来采访的。

我去了"红樱桃"舞厅，对老板说，我要见荼蘼。

荼蘼出来了，一件短裙，很短，紧紧箍在臀上，迈着一种舞女特有的步子，走到我跟前，手指一扬，"哒"一响，道："哥们儿，有言在先，本美女卖艺不卖身。"

我脸红了，忙说我不是为这来的，不是为这来的。

"不为玩乐？"她眼一挑，有些不信，"男人都虚伪，尤其文化人。"

"你咋知道我是文化人？"为了搭上话，我忙问。

"有一股书卷气啊。"她说，看我很惊讶的样子，她得意地一笑，说自己过去也读书，还写诗，不过很少发表，所以，是文化人不是文化人，一眼辨个透。

"我干啥的？"我觉得轻松了一点。

她做个请的姿势，说，边舞边聊，不然，别人怀疑是小夫妻在

拌嘴呢。说着,眉毛又一挑,笑了。她爱挑眉毛。

　　我将手搭在她细细的腰上,随着她移动,然后问,还没告诉我刚才的问题呢。她笑了,仰起头,暖暖的鼻息吹在脸上,如春风。舞厅里,是忧伤的轻音乐《舞女泪》:"一步踏错终身错,下海伴舞为了生活。舞女也是人,心中的痛苦向谁说。为了生活的逼迫颗颗泪水往肚里吞落,难道这是命注定一生在那红尘过……"

　　她说,过一会儿就猜出来了,不要说话,多温馨啊。然后,她闭上眼,红润的嘴唇抬起来,半张半合道:"吻我!"

　　我红了脸,忙移开头。

　　她笑了,是老师吧。

　　我问为什么?

　　她说,现在的文化人,和政府官员一样,见了美女,就如猫儿见了鱼,丑态百出,唯一在女人面前还能端得住神的,只有老师。

　　我说,你错了,我是记者。

　　她不信,说上次来采访的那个姓余的记者,见了自己,眼睛像狼,借跳舞时,在自己身上又是捏又是揉,讨厌死了。

　　我疑惑了,问她为啥不当服务员,要当舞女。

　　她又笑了,笑声里有丝冷意,道,不是都说我是狐媚子吗?离不了男人啊!脸上虽然笑,眼圈却慢慢红了,良久道,上班,也不容易,得到劳动局王局长那签名。

　　签个名值什么啊?很容易嘛。我说。

　　她不说话,踏着音乐,慢慢动着。过了一会儿,又无来由地一笑说,好啊,明天你陪我一块儿去好吗?

　　我想,刚好我也要采访王局长,就答应了。

　　第二天,我按约定去寻她,没见到她。这时,她的手机响了,说她已到了王局长办公室门外了,马上就要签字了。"你要抓拍有价值的镜头,就得赶快来啊。"说完,又是"咯咯"地笑。

我忙坐车去,真的,我太需要第一手材料了。

到了王局长门外,已不见了她。我想,她一定进去签字了,忙举了相机,一推门,进去了,镜头一闪,同时,自己也愣住了:王局长把荼蘼箍在怀里,死死的,一双手正伸在短裙中乱摸。

见了我,王局长忙松了手,尴尬地问:"你是谁?想——想干吗?"

荼蘼回过头,望着我一笑,仍对着镜头,就如主持节目一般道,这,就是王局长让我签名的过程,你敢报道吗?

我不敢报道。

但不久,这张照片传到网上。再不久,王局长被撤了职。

夜晚的影子

周眉一回头,一个人影一闪,不见了。

是晚上,她走在一个小巷中,心里有些慌。

这是一个僻静的小巷,绝少人迹。

周眉用牙咬一下唇,继续向前走。风悠悠地吹着,稍微有些冷。她后悔不该穿一条超短裙,好看,却冷。

身后,脚步声快起来。

周眉回过头,隐隐的灯光下,一个人走近了,是个年轻的男人,一双眼睛顺着周眉的高跟鞋往上看,到腿,再到鼓蓬蓬的胸部,他的眼睛里,射出凶狠而火爆的光,嚓嚓地冒着火花。

周眉望着那男人,满眼惊喜,娇嗔道:"打了一上午电话,怎么不接啊?"

男人睁大眼睛,有一丝疑惑,他猜测,眼前这个美女大概认错人了。

"坏蛋,人家老公出门去了,你不接电话,别后悔。"周眉噘起嘴唇,在隐隐的灯光下,湿润而娇艳。

男人暗喜,看样子,这小女人有红杏出墙的情史,而且,打过电话,准备和情人幽会。也就是说,自己长得和一个人特别像,这个人,就是眼前这个美艳少妇的情人。

他决定还是试探一下,小心无大错嘛,所以道:"嗯,我当时手机放在家里了,后来才知道,有事吗?"

"傻子,你说会有什么事,才几天,就忘了对人家做过什么。"周眉很幽怨地说,显然,对情人的薄情不满了,"还有,你不是说要借两万块钱吗?人家可给你准备下了,爱要不要。"

男人的心"轰"地一响:天啊,有这样的好事,人财两得,这是那个长得和自己一样的小子,艳福不浅啊。

甚至,他心里都醋意弥漫了。

他把那只放在兜里的手很自然地伸了出来,顺势搭在周眉细得只有一把的细腰上,很色情地捏了一下道:"别生气,宝贝,我这不是来了吗?"

"坏蛋!"周眉扭了一下腰,葱一般的手指在他额头上点了一下。

男人一把将那个葱嫩的身子在怀里箍,力量很大。周眉娇柔地"哎哟"一声,靠在他怀里,嘴唇飞快地在他脸上吻了一下,道:"馋嘴。"

那人的手在周眉的腰上捏了两下,有些迫不及待。周眉一下打落他的手,声音腻腻地说:"馋猫,这里不行。"

男人的手仍不停。

周眉一下冷了脸,道:"听话,我老公走了,今晚,家里只有我们两个人。"

男人的手停下了,仍恋恋不舍地吻了两下周眉。

"你说实话,借两万块钱,是真做生意,还是另养了小情人?"周眉拢拢头发,开起玩笑,如一个吃醋的少妇一般。

"做生意!"男人忙顺杆上道,"有你这么美的情人,天下再好的女人我也不要。"

周眉嫣然一笑,眉风一扫道:"贫嘴,走吧!"一扭腰,在前面走着。

男人在后面紧紧跟着。

突然,手机响了,周眉从包中掏出手机。男人脸色一变,走上前一步,问:"干什么?"

周眉一根手指伸出,竖在嘴前,顽皮地"嘘"了一声,示意男人别出声:"是我老公,一定是不放心,在查岗。"然后,打开手机,对着里面道:"你在外面放心做生意吧,放心,我正走在回家的路上,不会在外面给你戴绿帽子的。"说完,"咯咯"地笑,关了手机,食、中两指伸出一弹,"哒"地一响,回头道:"一切搞定,大吉大利。"

男人被她逗笑了,长长地出了口气,加快了步子。

到了家门,周眉掏出钥匙开了门,男人跟着她走进去。一片黑灯瞎火中,男人忙着去抱周眉,但是,迅即一声叫,脸上挨了一拳,倒在地上。

这一拳很重,以至于男人脑子嗡嗡地响。

灯亮了,男人面前站着一个小伙子。周眉站在旁边,笑吟吟

的。男人还想反抗,小伙子上前,又是一拳,刚劲有力,男人晕了过去。

在男人身上,小伙子找出一把刀。

那小伙子,是周眉男朋友,体校教师。

事后,周眉问:"小子,你怎么知道本美女被劫持了?"

"我是干什么的?"周眉男朋友道,"一听这么聪明的女孩说话颠三倒四,就提高了警惕。等你们走近,我再在窗玻璃后一看,什么都明白了。"

"不傻啊,小子,护花有功,奖赏你一下。"周眉夸奖道,看恋人闭上眼,把头伸过来,"嗒"地在他额头上敲了一指,笑着跑了。

第二天,小城电视台播报一个消息,昨晚,一个在逃强奸犯落网,是一对青年恋人捉住的。

左雅的电话

走出办公室,我百无聊赖地走着,怕回家。虽说三十岁,已经成了市城建局长,可官场得意,情场失意:一直,我独身一人。

手机响了,是一个陌生号码,接通,一个女人的声音,带着妩媚的笑,道:"马局好啊,猜猜我是谁?"

我努力地猜,猜不出是谁,问:"请问——"

"哟,官当大了,认不得同桌了。我啊,左雅啊!"那边,语言中,带着一种娇媚,一种幽怨。

我呆住了,我感到我的心被什么撞了一下,是幸福,正如一支歌中所说,我被幸福撞了一下腰。

那边,笑声咯咯咯,泉水叮咚,流淌一地。

我醒了,忙颤着声问:"你在哪儿?"

"'红樱桃宾馆',能见见你吗,嗯?"左雅问,"嗯"用鼻音发出,让人想到了牛奶、红酒,或者唇膏的色韵。

我忙说:"我就来,马上来。"说完,上车,不一会儿到了红樱桃宾馆,远远地看见一个少妇,站在那儿。风,吹乱一头黑发,一副倚门望归的样子。可惜,我再也无福消受那种倚门等待的幸福了,我的心,酸得如一颗汪着水的葡萄,一弹就破。

十年没见,左雅一如当初分手时,时间,在她身上已经失了填山移海的作用。

在"红樱桃宾馆",左雅已定了一个包间。

我望着她,道:"什么时候回来的,王信也回来了吗?"

她道:"才回来。他还能不回来?"

两人对坐,先是沉默,接着她长叹,道:"你真傻,该成个家了。"

我揉揉脸道:"曾经沧海难为水。"

她又望了我一眼,摇着头,轻轻道:"没见过你这么死心眼。"然后,过来,接过我的包,放在一边,动作轻柔得如一只蝶儿。

菜上来了,依然是我大学时爱吃的菜,她还记得那么清。酒,是白酒。我不爱红酒。当年,恋爱时,我曾喝着白酒,豪迈地对她说,喝白酒,携美女,走江湖,才是男人的风格。谁知,曾几何时,她却携着王信,远赴江南。

随着喝酒深入,谈话,也逐渐深入。

她告诉我,江南也不是机遇遍地,金钱如土。

从她的叙说中,我得知,他们办的一个建筑公司,在南方维持

不下去了,不久前,又回到了本市。

"哎,王信——不善经营。"她说。

"商场失意,可情场得意啊。"我不无醋意地说。

她"噗"地笑了,白了我一眼道:"像个男子汉吗？小心眼。"

我没说什么,但,我能不小心眼吗？我的恋人,恋爱四年的恋人,被他横刀夺爱,就夺走了,害得我至今还是光棍一条,独守空房。

"你们走的那天,你知道吗？我的心千疮百孔。"我道,眼圈有些酸涩。

她不说话,望着我,很感动,轻轻把手伸过来,放在我的手中,揉捏着。然后,拉起我的手,放在自己白嫩的脸颊上,一颗颗泪滑下,热热的,湿了我的手,也湿了我的心。

"其实,知道吗,十年了,我——也从没忘过你。"她喃喃道,头,靠在我的怀里。由于酒精和爱的双重作用,我一把抱住她,把唇猛地贴上去。她的唇,温润,火热。

我的手在她的身上游走。她鼻翼翕动着,然后嘤咛一声道:"上楼,我订了房间。"

进了房间,我们滚在一起。就在这时,她的手机响了,她一笑,挣脱道:"听话,等一会儿,接完电话就来。"说完,一笑转身,进了洗手间。

我随后悄悄走过去,想给她开一个玩笑。

洗手间的门没关严,她的声音传出来,虽轻,仍能听清:"放心,只要他进了这房间,我们承包的这件工程,他不答应也不行了。"

那边,不知说了句什么。左雅一笑道:"为了钱,王八你也愿当啊？"

我感到浑身的火一刹那间冷却下来,没说什么,悄悄拉开门走了。走到街上,手机响起来,打开,是左雅的,问:"在哪儿?快,人家等你呢。"声音腻腻的,风情万种。

可我,一点儿也没有了那兴致。

我翻出刚保存的左雅的手机号,删除了,同时,也在心上删掉了她,我青春时的爱情。

小城文人

古玩一条街,在城的背水处。沿河走去,一座石桥,桥那边,垂柳依依,街铺古旧。

王布衣在星期天,爱去转转。

王布衣不叫王布衣,原名王亮山,平时教书,写写字,喝喝茶,喝着喝着,就喝出了一种世外味,自名王布衣。一般人喊王亮山,答应;文化圈的人喊王亮山,是万万不应的,道,喊王布衣。

一来二去,当校长的王亮山,就成了王布衣。

王布衣教书之余,爱逛古玩街。

每天,下班之后,王布衣不坐车,款款地迈着步子,去了古玩街,一个铺面一个铺面看,有时,也淘点小玩件,或一个鼻烟壶,或一个笔插,总之,花钱不多,纯属消遣。

"布衣,世外之人,也好此道啊?"有朋友讥笑。

王布衣微笑,掸掸衣袖道:"不在别的,在陶冶心身而已。"说

得大家点头,都说"是是",玩物而不丧志,才是真名士。

王布衣挥挥衣袖,施施然而去。

一日,在古玩街漫步,忽见一书画店名"翰墨轩"的,走进去,一个白发长髯老头端坐椅上,双眼如电。面前桌案上,放一幅字,老人凝目细思,不时用手指敲敲额头。

王布衣迈步过去,也细看那字帖,一看之下,大惊,只见宣纸之上,烟云满纸,下面题款:眉山苏氏。

"不像啊!"老人自言自语,"可印章又不假。"

"绝非大苏手笔。"王布衣细细揣摩,终于忍不住了,接茬。

老人抬起头,望着王布衣,等待他说下去,王布衣用手点点字,道:"此字虽有东坡先生笔法,但字体不够丰润,须知,东坡先生自称其字为'墨猪',可见其肥。"

老人点头,道:"老朽也是这样想的,可印章是苏子手法不错。"

王布衣一语道破:"此为东坡先生之子苏迈之作,苏迈笔记载,他有一方印章,为东坡先生手刻。"

一语惊醒梦中人,老人连敲额头,道:"闻君一席话,胜读十年书。"忙请屋内坐,一人一杯茶,谈起书画典故,不时互叹,相见恨晚。

以后,无事时,王布衣必去老人处小坐一会儿。

一天去时,看到老人案头有一花瓶。走进细看,王布衣眼睛睁大了。

花瓶为白色,通体有裂纹,细小如蚊足,却又清晰可见,敲敲,叮叮作响,有金玉之声。不由脱口道:"冰裂纹瓷。"

老人捋须微笑道:"清代瓷器。"

王布衣细看，杯底果有印章，道："乾隆三十八年制。"拿在手里，迎光细看，胎薄如纸，但条条裂纹清晰可见，赞叹再三，道："有一事恳求，不知老先生能答应不？"然后，告诉老人，自己最近有一难事，想求人，那人特爱古董。

老人一愣，微笑道："理当相让。"

王布衣呵呵大笑，掏出一万元成交，小心包好，出了店，并不回家，拦一辆车，直接去了一处。

忽一日，"翰墨轩"主人正在饮茶，门外人影一闪，一人走进，正是很久不见的王布衣，拿着那件瓷器，放在桌上："老人，你这是赝品。"

"一万元岂能买得冰裂瓷花瓶？"老人撩起眼皮道。

"幸亏人家没见怪，否则，就坏了事了。"王布衣长叹。

老人没说什么，援笔铺纸，吟一下诗：我买赝品，君做假人。同出一辙，何所言云？然后，做一个送客的手势。

王布衣想说什么，可却叹了口气，走了。

两天后，老人来到王布衣家，道歉道，老朽用世俗眼光看先生，以为你巴结领导，去送古董，没想是为了改建教学危楼，去求助犬子，老朽今天特来赔罪。

原来，老人，就是市教育局局长的父亲。

白合的百合茶

　　于品爱喝百合茶。在清亮的早晨,或者安静的黄昏,坐在办公桌前,品一杯百合茶,看一份报纸,是一种最惬意的享受。

　　可惜,于品享受不上。因为,于品是职员,不是领导。不是领导,就无法享受领导的待遇。

　　所以,喝百合茶,坐在办公桌前,看一份报纸,就成了于品挥之不去的梦想。

　　每次,泡一杯百合茶时,于品都会这么想。

　　于品看着水冲进杯子,一粒粒茶芽在水中展开,如波光潋滟的美目,于品就会想起白合水汪汪的眼睛,就下决心,一定要坐在办公桌前,让白合在人前有面子。

　　于品品一口茶,一种百合花的香味,直透舌尖,沁入脑门。另一缕穿喉过胃,渗入脾脏。一个人,也在一缕百合香中,空灵剔透。

　　于品所喝的百合茶,是妻子白合焙制的。

　　于品家在山里,山水青葱,空气如洗。这儿,是茶乡,漫山遍野都是茶树。一到三月间,茶芽如蚁,鹅黄嫩绿,正是采茶的好时候。

　　这时候,白合就会提着篮子,上了山坡,在清清的露水中,采摘茶芽,一个早晨一篮,回到家,焙了,揉了,阴干,放在瓮里。然后,再抓把前一年焙制好的百合花,放在瓮中。封住瓮口,半月之后,就可泡喝。

百合茶的美,不只在香味上,而且也适合于观赏。

一杯百合茶泡开,茶汤嫩绿,如山里女子的爱情,洁净、透明。水里,漂浮着一朵两朵百合花,红的,如宝石;白的,如珍珠。

每天早晨,于品上班,必泡一杯醒神。

那天,刚泡好,局长路过,看见,眼睛一亮。

局长好茶,全局闻名。

局长笑笑,拿起于品的杯子,看看,又细细地嗅着,赞道:"好茶,珍品!"

于品也一笑,局长走时,于品很随便地从抽屉里拿出一包,说:"局长喜欢,就拿去尝尝。"

局长没有推辞,很愉快地接受了。

以后,隔三岔五,于品就会往局长那儿跑。局长的杯子里,再也不缺百合茶了。随后,党委书记的杯子里,副局长的杯子里,都出现了百合茶。

采茶的季节,白合就更忙了,在电话里发牢骚:"茶,茶,哪来那么多茶?"

于品就软软地求:"白合,好白合,你就辛苦点吧。"

白合无法,就请人采,或者收购别人的茶,制好了,包装好,一盒一盒送了上去。单位的局长、党委书记、副局长,也都有了百合茶,隔三岔五地,还给上头送一盒。

大家喝着百合茶,觉得于品很会做人,都很喜欢他。

不久,于品就当了科长;再不久,副局长调走,于品就当了副局长。

当了副局长,于品终于实现了自己的愿望,坐在桌前,一杯茶,一份报纸,生活得很惬意。

有时,还可以到外地去考察考察,玩得潇洒,而且快意。

一次,当着白合的面,于品接了一个红包,打开,四千元钱。

白合见了,心惊肉跳:"你,你怎么能干违法的事?"

于品笑了,很得意:"现在都是这样,不然,当官干啥?你以为那些百合茶白送人的吗?我要本利兼收。"

白合默默地躺下了,那夜,辗转反侧,怎么也睡不着。第二天一早起来,就回了乡下,说茶能采了,焙一点,好送人。

于品听了,眉开眼笑。

一个月后,茶叶送到,一盒一盒,黄丝带扎着,很好看。上面标注了,给局长多少包,党委书记多少包,上头的领导多少包。

茶叶送上去,几天后,于品的副局长被撤了。

原来,盒里不是茶叶,是一些树叶。

再半年,单位几位领导被捕:在建筑上合伙受贿。而于品却一杯百合茶,闲闲地喝着,喝得滋润,喝得坦然。

美女周小艺

我失恋了,失恋的原因,是由于周小艺。

我爱周小艺。

周小艺结婚那天,我喝了十瓶啤酒,砸了一只杯子,然后走到五楼的窗口前,扬言,我准备跳楼。我扬手,阻止大家别来拉。

其时,并没人来拉。

然后,我跨在窗口旁,扯着公鸭嗓子喊,我马上就要跳了,而且,目标就是五楼下,花坛旁那个凸起的山石一角上,"我说到做到,我是投篮高手,一定会投得很准的。"我的声音,在整个大楼上回荡着,收到了很好的效果,果然,有几个人跑过来,准备拉我。

"别来,你们靠近,我就跳。"我很英武地喊。

他们跑了,我心里暗喜,他们一定去喊周小艺去了。如果周小艺来,就说明她还在意我,我还有夺回爱情的希望。

周小艺来了,不是一人,是两个人,另一个人是新郎。

周小艺很缠绵地靠在新郎肩头,从我旁边走过,理也不理,还咬着耳朵嬉笑:"这样的白痴,怎能和你比呢?他要跳就跳好了,与我何干?"

一句话,把我的希望吸纳一空。

我愣在那儿,一动不动,一位哥们儿跑过来,说:"轩哥,可别跳。"

我说:"跳你个头!"然后悻悻地走了,既然周小艺都走了,还嚷着跳,给谁看啊?

但是,我仍然不死心。

和周小艺的新郎莫山比,哪一样我都不输于他,而且可以说比他强。

他是农村土特产。我是什么?城市原装居民,往上数三代,根红苗正,都住城中。他是大学生,我也是大学文凭。

我不死心,我还有机会,成婚了怕什么?成婚了可以离婚嘛。

我就写信,一封又一封,从她的办公桌缝中塞进。信里,我调动了自己所有的感情,和所有美好的辞藻,叙说着自己的相思,叙说着自己刻骨的痛苦。

我觉得自己这样做,特下作。可是,有什么办法呢?谁让周小艺那么可爱,谁让我那么钟情她呢?

我这样写了半年信，一天，收到回信，也放在我办公桌内，约我下午到枫林见面。

我欢呼，大笑，觉得自己终于可以抱得美人归了。

在枫林中，我没见到周小艺，却见到王丽。

说实话，暗恋上周小艺之前，我先是爱上了王丽，可人家已有恋人，我那也属于单相思。半年前，王丽男朋友扔下她，出了国。我没想到，她会来，而且含情脉脉望着我，满眼水色，一汪一汪地道："经过一次挫折，自己才清楚，要找还是找一个对自己有感情的。"

我无言，但明显感到心跳加快。

"你那些信我已收到，你真那么爱我吗？"王丽问。

我吞着唾沫，终于醒悟过来，我那些信，开头都没署名，只以"你好"二字开头，原来都被周小艺送了人。我听了，忙拼命点头。

就这样，王丽顺理成章地成了我的老婆。

结婚那天，周小艺避开众人，笑问我怎么感谢她这个月老。没说的，我拿起杯子，"咣咣咣"，连喝三杯白酒，以示惩罚。同时，请她原谅。

"放心吧，以后别心存不良就行了。"周小艺拍着我的肩，拍得我满脸通红。

从此，我做起了一个循规蹈矩的男人，一心拜倒在王丽的石榴裙下。

可是，周小艺这么美的少妇，我不眼馋，自有眼馋的人。

据知情者说，一天，我们经理过来，偷偷拿着一张电影票，塞到周小艺手中。然后，用手机约会："小艺啊，今晚有好电影哦，《西西里的美丽传说》，去看看哦。"

周小艺笑了,说不了吧。

"很好看的,不看,会遗憾的。"经理在手机里劝,很殷勤的。

周小艺"咯咯"一声笑了,说好的,晚上一定去看。

经理很高兴,说不见不散哦。

周小艺也说不见不散。

那晚上,经理梳洗一新,西装领带地去了,到了地方,看见周小艺坐在那儿,一袭旗袍如水,望着他微微笑,笑得经理心中一漾一漾的,一抬身子,坐下来。手,刚准备找个地方放时,发现周小艺身边还坐着个人,正是周小艺的老公,在对他点头微笑。

"经理,下次给电影票,可得两张哦,我们莫山也是电影迷哦。"周小艺风姿绰约地笑。经理也笑,可那笑比哭还难看。

不会变质的爱

七十多岁时,他终于回来了,回到隔海的故乡。

他走时,十九岁,是个春暖花开的日子,桃花梨花云霞一样,罩着一个村子。那时,他出去,拿了一张药单,是给父亲捡药的。父亲是白内障,一直忍着,不治疗。这天,突然想开了,找老中医开了一张药方,让他去捡。

他去了,可是,走在半路上,就遇见了一群兵。

这是一群国军士兵,拉壮丁的。

他被一绳子绑了,拉着就走。他急了,挣扎着大喊:"让我回去,我爹病了。"可是,这些兵仿佛没听见,连拉带扯,将他扯入

军营。

他穿上军装,拿起了枪。

他哭了,泪水哗哗的,不想打仗。他告诉军官,他自己也有病,腰摔坏过,让他回去吧!可是,谁敢放他啊?他于是随着部队,一路打一路败,一路撤退,最后过了海峡,去了那座孤岛。

他想爹,想家。

娘死得早,爹将他辛苦养大。现在,爹得了白内障,找不到他,不知如何地难受啊。

没有雾的时候,他站在高山上,望着对岸。他家在海峡那边,一水之隔,站在金门岛上,甚至能清楚地看见他家的屋顶;春季里,能看见彩霞一般的桃杏花。可是,咫尺之间,波涛弥漫,难以回家。

他扯着喉咙喊:"爹!"

他流着泪说:"爹,你要保重啊!"

他的声音远远地传开,扩展在空中,和海鸥一起飞翔,然后又被海浪吸纳。他的泪,一颗颗落下,落在衣襟上,绽开朵朵花瓣。泪光中,他仿佛又看见爹,摸着墙,一步一步地走着,在喊着自己;他仿佛看见爹,在一家一家打听他的信息。

时间,在思念中一寸一寸地走过,蚂蚁爬行一般慢。

五十多年后,他终于回来了。

他的头发已经雪白,眼睛已经昏花,手里提着几包中药。这些中药,是他按药单买的。五十多年了,那张药单,他仍叠得整整齐齐的,藏在箱子里,就如当初一样。现在,他终于买到药了,终于可以提着药走向老家,走向思念中的爹了。回到老家,一切都变了,家不在了,爹也不在了。村中,老了一茬人,也长大了一批人。

只有村头的桃杏树,在春天里,依然花事繁盛,一片霞光。

在一些老人的指导下,他找到了爹。

爹死了,爹在他离开不久就死了。爹的坟就在屋后坡上,一抔黄土,一片青草。坟前一颗梨树,梨花白得如雪,一瓣瓣落下,落在地上,也落在他的身上,怎么拂也拂不完。

这儿的坟,一律坟头向北。而爹的坟头相反,对着海,对着那个孤岛。爹一直在望着他,在等着他回来。

他匍匐在地,号啕大哭。

他让堂侄把药拿来:活着,他不能给爹买回药治病;他想,现在,他把药烧了,让爹在那个世界治病,将眼睛治得亮亮的,再也不用拄着拐杖走路了。堂侄是个医生,看了药,摇摇头,问他是不是弄错了。

看他满脸疑惑,堂侄告诉他,这药不是治白内障的。

他不信,爹专门找老中医开的,怎么会错?

堂侄仔细看了,告诉他,这是治跌打损伤的。

他愣了一下,老泪又一次涌出来,落在衣襟上。十九岁那年,他上山砍柴,腰摔伤了,由于心疼钱,就一直强忍着。他没想到,爹弄的药单,不是为自己,竟然是为他准备的。

五十多年来,那张药单一直存在衣袋里,他没想到,那是爹的一颗心啊。

五十年,爱没变质。爱,无论存放多长时间,也新鲜如潮,永不变质。

才　能

　　那年,小毛毕业了,很幸运地进了一家国企大公司,公司老总姓赵,是一个很重视人才的人。但是,小毛刚进公司,成绩平平,也只够做一个职员的资格。

　　公司有明文规定,是什么等级的职员,就享受什么等级的待遇。

　　小毛也就接受了最低等级的待遇,每天夹着一个公文包,按时上班下班,一天八个小时,随波沉浮。

　　本来,小毛一生可能就这么平平淡淡地过了,和其他职员一样,退休后领着一份养老保险,安度晚年,浇花养草,逛街遛鸟。

　　谁知,平地陡然起了波澜。

　　一个更大的公司出现了,该公司的秦总,凭借强势,一路在商场上东拼西杀,几乎打败了所有的同行业公司。这时,他瞄准了小毛所在的公司,想一口吞下它。赵总当然不答应,极力抵抗,无奈势力不如人,只有徒唤奈何。

　　就在这时,小毛扔下保温杯,敲开赵总办公室,献出一策,为什么不联合一个被秦总打败过的公司。因为道理很简单,那些被秦总打败的公司,每一个势力虽有限,可只要和赵总联合起来,势力也就超过秦总了。

　　赵总挠着后脑勺,苦恼地问:"联合谁啊?"

　　小毛说,最近秦总不是打败了你的朋友楚总吗,他瘦死的骆驼比马大,联合他啊。

赵总摇摇头,心说,小毛你好傻哦,商场哪有真朋友啊?同行是冤家,过去拍膀子称兄道弟的,现在哪一个不眼巴巴地望着,巴不得我被打得满地找牙。

小毛却不这么认为,他提议,多派几个攻关人才去劝劝楚总,说不定会结成联盟的。赵总抱着试试看的态度,派去了公司里几个特别善于攻关的人,谁知这些人一个个红光满面而去灰土头脸回来:楚总铁了心,就是不答应联合。无奈之下,小毛劝赵总亲自去一趟。赵总摇着头,如果喝酒聊天,搂着美眉跳舞,自己是内行,这攻关的事自己怕不行。小毛一拍胸脯,豪气干云地说:"我陪你去。"

赵总白了小毛一眼,不放心地问:"行吗,你来我公司,一直也没见能说会道啊?"

小毛一挺胸道:"你就瞧着吧。"

于是,赵总就去了,可楚总仍是那个态度,任赵总说破嘴唇皮,就是不答应。楚总表面上显露出一副心有余而力不足的样子,心中却嘿嘿直乐,心说,老赵,你不是很牛吗,现在遇着斗牛士了吧?

赵总只有叹口气,望望小毛,心说,该你小子上阵了。

小毛缓缓开口了:"楚总,你应该和赵总联合。"

楚总嘴角噙笑:"为什么?"

小毛也笑笑,慢条斯理地回顾起楚总公司被秦总打败的往事:你们公司当年多厉害啊,生意兴隆通四海,红红火火半边天,可是秦总公司一做大,第一个就吃定了你们,几次将你们的买卖搅黄,你们前任老总无奈之下只有和他们坐在谈判桌前谈判,最终没谈成,连气带急,一口鲜血吐出来,死在谈判桌前。干不过人

家,无奈之下你们把公司总部迁到这儿,现在人家秦总又找上门来了,我们赵总一完,你还有好日子过吗?说白了,我们来这儿是为了自己,更多的是为了替贵公司报仇。

一席话让楚总面红耳赤,同仇敌忾之心顿起,当场签约,决定和赵总强强联手,共同对付秦总,也最终,遏制了秦总的咄咄逼人之势。

小毛因此立了大功,在公司得到赵总的重视,不久,担任起公司副总经理来。

战国的毛遂,佐赵联楚,一举打败秦国,赢得人们的赞扬。小毛通过自己职场成功经验告诉我们,进入公司后,应当将能力悠着点儿,不必处处锋芒毕露,但必要时一定要抓住时机将锋芒狠狠露一把,让老总和同事牢牢记住自己。这样,既能成功,也会少招人忌恨。

下　钓

大亚决定做一件坏事,一件小小的坏事:在大路的水窝里,栽一枚铁钉。原因很简单,大亚想当优秀。

栽下铁钉,大亚就天天在路边等待,如渔人,等鱼儿上钩。

一天过去了,没有鱼儿游过水窝。两天过去了,仍然没有鱼儿游过。

大亚一点儿也不气馁,大亚很有耐心,因为大亚经常钓鱼,早已钓出了经验钓出了技巧。钓鱼,就得要有耐心,要和鱼儿比拼耐力。小猫钓鱼的童话,知道吧?大亚可不是那只傻傻的小猫,而是一只老猫,一心一意等待猎物上钩的老猫。

大亚有的是时间,每天,都要在那儿转一趟,看看是否有鱼儿上钩。

第三天,有鱼儿咬钩了,是个小学生。可在大亚看来,她就是一条鱼,一条即将上钩的鱼。而且,终于,小鱼游了过来,走过水窝边,脚一滑,跌倒了,爬起来,大哭,一脸的血,挺吓人。

大亚跑过去,二话没说,抱起小孩就向医院跑去。这个过程,很美,他感觉到,有点像渔人收线。

大亚想,不久,这个小女孩的爸爸就会赶到医院,向他道谢;记者呢,也可能登门采访;电视台更会进行新闻报道。那时,一夜之间,他就会成为小城的名人了。先进,更不用说,非他莫属。

大亚想着美好的收获光荣的未来,得意的脚步飞舞得更轻快了。

为了达到最佳效果,从小孩那儿,大亚没忘了弄来她爸爸的手机号,拨了一个电话,告诉那位爸爸,他的女儿被铁钉扎着了眼角,很危险,现在正在送往医院的路上。伤情,说得很严重。当然,越严重才会越加显现出他救人的作用嘛。

那头接了电话,果然声音打抖,说,大哥,谢谢,我——我马上就到。

大亚暗暗好笑。大亚要的就是这种效果。

大亚觉得,那位爸爸也是一条鱼,是他要钓的第二条鱼,现在,也如愿以偿地上钩了。

大亚背着孩子,汗流浃背、气喘吁吁地来到医院。

大亚跑进跑出,如踩着风火轮一般,找医生、挂号、交费,满脸焦急。

当得知大亚和女孩萍水相逢素不相识时,医院的医生一个个都睁大了眼睛,望着大亚,那态度也顿时柔和多了。尤其那位漂亮的女护士,望着大亚,一对大眼睛水汪汪的,都能照得见大亚的人影。大亚心里软绵绵的,鼻端,无来由地钻入一缕薄荷味,撩拨得他狠狠地打了几个喷嚏。

大亚心里暗笑,他知道,这些医生其实也成了鱼,上钩了。

当然,大亚最终要钓的,是先进,是表扬。这,才是最后的鱼。

大亚一边漫无边际地想象着,一边耐心地等着女孩的爸爸。

女孩的爸爸来时,已是两个多小时之后。这家伙,却并没有直接奔向病房,向他道谢,这让坐在病房中等待的大亚很不高兴。他走出了病房,听见了哀哀的哭声,而且医生们跑进跑出,很忙。

他忙拉住那位大眼睛护士,一问,才知,原来,发生了车祸——

女孩的爸爸接到电话后,驾上车,就向医院直奔而来。由于心急车快,又由于神情恍惚,在一个路口,撞倒了一个小男孩。

"我,我怎么那样不走运哪,孩子被钉子扎伤。现在——现在又伤了人。"那人坐在医院前厅里,吸着烟,不停地扯着自己的头发,唉声叹气。

大亚很想劝劝那男人,可他却又不知为什么没有劝,而是摇摇头,唉声叹气,做一脸同情状,向后面走去。

哭声,是从后面的手术室走廊里传来,听说,是被撞孩子的妈妈,悲伤,而又有些嘶哑,听在耳朵里,隐隐的,还有一些耳熟。他忙走过去,想看看,是不是熟人。他走到那个女人的身后时,心,突然"咚咚"地跳起来;腿,也无来由地打着战;浑身的力气刹那间消失得无影无踪,像被吸铁石吸去了一般。

他暗暗地在心里劝慰自己,不会的,一定不会的,世间绝没有这么巧合的事,是自己想得太多了。

女人擦泪时,回了一下头。他的脑袋"嗡"地一响,他清清楚楚地看到,那个女人,就是自己的妻子。

大亚倒了下去,昏倒前,蒙蒙眬眬的,他感觉到,自己也是一条被钓的鱼儿。谁下的钓钩呢？他说不清。

我们的合唱队

市里要组织一台文艺晚会,开头是一个大合唱,来个开门红,大合唱要二百人。市领导说,这样才有气势,才会产生一种排山倒海的震撼力,才能给新年来一个开门红。二百人的合唱队,要团结一致,上下齐心,就必须是一个单位的人,这样才能配合默契,才能引人注目。

这样的大单位,数遍本市,只有一个,我们单位。

我们单位领导接到命令,兴奋得鼻尖发紫,紧张得脑门冒汗,抱着花名册熬更守夜,数了几个晚上,能吼两嗓子的也仅仅只八十人,离二百人的数字还整整差了一百二。

领导急了,吸了三盒烟之后,一扔烟屁股,有了办法。

领导在八十人之外,又抽了一批人,让参加合唱。这些人从没想到过自己还能上台,一个个大眼瞪小眼。有一个小伙子哀求说:"领导,我们不会唱歌啊,就是勉强吼两嗓子,也像对面坡滚下的烂南瓜啊。"

其余的人也应声,说是的是的,真像烂南瓜。

领导不信,让大家试唱了一首《两只蝴蝶》,那歌声坎坎坷坷东拉西扯,惨不忍听。大家唱罢,望着领导,以为领导准会生气。谁知领导却越听越高兴,到大家破破烂烂的歌声刚一停,领导一拍腿,赞道:"好极了,比我想象的还要好!"

大家睁大了眼,没想到自己的歌声竟能得到领导表扬,一个个兴奋得双颊发红。领导接着说:"大家唱得虽不像歌,可毕竟能唱啊。"

大家听了领导的话,一个个丈二和尚——摸不着头脑。

领导得意地一笑,说:"这说明我这几夜没有白熬,眼光很准,选得很好嘛。"

"我们唱得不像歌啊。"有人小声说。

"不要紧,你们起码总会唱一支两支歌吧?"领导问。大家点点头,领导很满意,"这就得了,到登场唱时,你们就轻轻哼你们会唱的歌吧。"

"行吗?那可是大型文艺晚会啊。"有人问。

"行的,一定行的,不过声音不能大。"领导说完,一挥手,让大家下去了。大家那个高兴啊,既不需要练歌,又能出头露面,何乐而不为?

可是,不一会儿,领导又皱起了眉头:人数还差几十个呢,单位能哼两声歌的都抽了。这下咋办?

不一会儿,领导就展开了眉。领导毕竟是领导,方法顺手拈来,轻易得很。

领导又抽了剩余的人,包括我在内。那一刻,我急死了。长这么大,我可真的一嗓子都没有吼过。我可怜巴巴地求领导:"领导,饶了我吧,刚才那些人还唱过歌,可我一嗓子都没唱过。"

"我们也是啊,领导。"我的朋友王文山也跟着说。

领导不高兴了，脸红了，批评道："什么思想，拈轻怕重。——你们吃过饭吗？"一句话，让我们张大了嘴：长这么大，不吃饭是充气长大的吗？

领导胸有成竹地说："能吃饭就能参加合唱团，到时不必出声，只需像吃饭一样，嘴一张一合，会吧？"

我们热烈鼓掌，全力拥护领导的英明决定。

可领导又愁容满面，因为，我们单位老弱病残一齐上阵，也才一百九十九个人，还缺一人呢，领导能不着急吗？正在领导一筹莫展时，我弟弟来了，找我有事。领导一见，眼睛一亮，忙把我叫过来，说："让你弟弟也参加我们的合唱团吧，以解燃眉之急。"

我慌了，忙摇手："不行的领导，我弟弟是哑巴。"

领导胸有成竹地说："不要紧，到时候让他站在团队中，只张嘴不出声就得了。"没法，我只有把弟弟叫过来，打着手语把领导的话告诉了他。弟弟很听我的话，高高兴兴地点头答应了。

二百人的合唱队组成了，演出的晚上，一登场，那气势，那阵容，赢得了阵阵热烈的掌声。我们一个个穿着笔挺的西装，挺着胸，凸着肚，伸长脖子张大嘴，连唱了三支我们从没唱过的歌，最后，在大家滚雷般的叫好声中，一齐鞠躬，谢幕，退出舞台。

那次大合唱，取得了空前的成功。

几天后，市里为这次晚会举行了颁奖仪式，我们的大合唱用市长的话说，因为"万众一心，配合默契，表现了时代精神和风貌"，所以毫无悬念地获得了特等奖。最出人意料的是，我弟弟获得了最佳个人表现奖，颁奖辞是"演唱神态自然，大方得体，有一个歌唱家的风范"。

我弟弟倒还罢了，毕竟是我弟弟嘛。我还容忍得了，最让我妒忌的，是王文山那小子，也得了个奖，据评委解释说："该同志精神焕发,充分体现了歌词鼓舞人心的内涵。"

我暗暗纳闷,这小子从未唱过歌,怎么一夜间成了歌唱家了,偷偷询问原因。他笑,然后说,领导不是让自己按吃饭的口型一张一合吗?那天上场前吃的是蒸馍,所以唱歌时按吃蒸馍的样子,嘴张得特别大。

这让我非常埋怨妻子,不该让我上场前吃面条,否则,我也会得奖的。

开花的义务

当时,大火突然燃烧起来,封住了楼,一个女人哭着叫着告诉大家,自己的孩子还在屋内,还没有抱出来。果然,熊熊的大火里传来哇哇的哭声,如一股溪水断断续续的。他一听急了,顾不得多想,一头冲入火中,找到孩子,抱着就向外面跑。

可是,火很大,已经彻底封住了楼门,冲不出去了。他冒着烟火跑回去,到处寻找着,最后将孩子放在一个水池中,放了一些水。可池子很小,只能容下孩子一人。安顿好孩子后,他再转身找地方躲藏时,衣服已经着火。

最终,孩子得救,毫无伤痕。

而他,却在昏迷中负伤住进了医院。

伤痛逐渐消失,他也逐渐恢复。在揭开绷带的那一刻,面对着镜子,他几乎不敢相信眼前看到的一切:过去,一个帅气阳光的小伙子,在镜子中的面目竟然如此狰狞,如此丑陋。

他一下扔掉镜子,用被子蒙着脑袋,成串的泪水流下。

回到家后,过去那个活泼阳光的他不见了。整日里,他独自坐在房中,哪儿也不去,也从不说话。父亲见了,轻声劝他出去走走,散散心。他摇着头,一言不发。父亲让他看书,或者看看电视,他仍摇摇头,一言不发。突然,父亲眼睛一亮,建议道:"你不是喜欢书法嘛,练书法啊!"

他撕扯着头发喊道:"我丑八怪一个,练什么书法啊?"

父亲望望他,轻声叹口气走了。

第二天,父亲搬进一个花盆放在他房间的窗台上,告诉他,花盆中撒了一些种子,开出花朵后,会治好他的伤痕。他不信,问究竟是什么,父亲轻轻一笑道:"秘密!"

时间到了春天,一阵春风,一阵春雨,窗外有了青嫩的颜色,花骨朵也吐出了微笑。

几天后,在鸟鸣声中,花盆中发出了草芽,上面挑着几颗小小的露珠,晶亮晶亮的,反射着一丝丝晨曦的白光。

他眼睛睁大了,闪现出一丝期待。

父亲告诉他,好好照看着,这小东西开花时,他的病一准就治好了。

他望着父亲,看见父亲一脸笃定的样子,更是多了几份渴望。

花盆里的草儿一天天长大,是一种青嫩的绿,绿得清,也绿得净,仿佛每一根叶脉都沁着绿色。草儿在他的注视下,渐渐长大,抽结,细细的杆儿,细长的叶子随风摆动。待到吐穗时,他睁大了眼,这草竟然是野地里的狗尾草。自己从未听说过,狗尾草能开花,开出的花朵还能治疗烧伤。

他找来父亲。

他不解地问,狗尾草怎么会开花。

父亲一笑,反问:"狗尾草怎么就不能开花?"

狗尾草上,一些细密的米状东西,白色的。父亲说,这就是狗尾草的花儿。

父亲说:"这草美吗?"

他摇摇头,一点儿也不美。

父亲说,可是它却开花了,和牡丹、月季一样开花了,不管美丑,是草都得开花,这是它们的权利,也是它们的生命价值。

他听了,心中"轰"的一声,一块顽石重重落下,一扇大门也随之轰然打开。是啊,不管美丑,是草都得开花,这是它们的权利,也是它们的生命价值。人,不也是一样吗?无论美丑,都应当实现自己的价值,这是权利,也是义务。

第二天,他开始练起书法。

多年后,他已成为一位书法大家,在给一群残疾人演讲时,他讲到自己经历,讲到自己当年的心结和醒悟,最后赠送给大家一句话:"是草,就得开花,这是草的权利,也是草的义务。"

月到中秋

人会老,可思念不会老去。

走在异地,时时,我会回望故土,回望天尽头那一方土地,回望暮霭下的炊烟,回望我童年的记忆。这时,中秋依然,明月依然。

娘,依然在月光下留守着故园。

那时,小村该多寂静啊。

那时,小村又多热闹啊。

月亮,从东山顶上慢慢升起来,将一片片白净的光泼洒在山顶,泼洒在哗哗流动的河面上,泼洒在村庄上。月光照到的地方,一片白亮,纤毫毕现。月光没照见的地方,就有点阴暗。而笑声、闹声,在有月光和没月光的地方响起。

而庄稼的香味,在有月光和没月光的地方淡淡地浮荡。

小村,荡漾着一片温馨。

童年的小村,一般不卖月饼,是自己做的:将芝麻炒熟,和白糖一起,放在臼窝里捣碎,做成馅儿,包在包子里。然后,将包子压平,在锅中加油烤熟,就成了。

这月饼又香又甜,还烫。

每到月半,我们知道有月饼吃,都很高兴,就在院子中打闹着,嬉笑着。可是,我们又时刻仄着耳朵注意着,听到娘喊一声:"吃月饼了!"我们一声喊叫,忙向家里跑去。

当然,也有其他玩伴想吃我的月饼,我双腿叉开,坚决不让。娘见了,会拉开我,把那孩子拉进来,塞上两个月饼,拍着他的头笑笑,让走了。

多年后,我长大了,走遍各地,吃了各种月饼,可没一种有娘做得好吃。

那月亮也没有童年的大,也没童年的圆和亮。

童年的那轮月亮,一直贴在天上。

我打闹时,它在空中朗朗地照着;我吃月饼,它在门外白亮亮地照着;我吃完跑出来,它依然在空中洁净地照着。只不过,它这时更圆了,更亮了,已经不再在东山顶上了,而是在二叔家的椿树上了。

它仿佛被树枝挂着了,一动不动。

娘洗了碗,收拾停当一切,搬着一张椅子坐在院子中,坐在月光里。

我靠在娘怀中。

娘教我:"月亮走,我也走,一直走到家门口,捡根猪尾巴,给我娃儿做头发。"娘说着,还伸手在地上一捞,好像捞到了一条猪尾巴,在我头上按了一下道,"按上了按上了。"

我知道娘逗我,就"嘎嘎"地笑了。

娘拍着我的头,也呵呵地笑了。

小村静静的,夜已经深了。远处的山,近处的水,还有房子,还有树木,都被如水的月光照着。月光下有虫鸣,一声一声地响起,在台阶下,在草丛里,在远处的沟沿里,露珠一样零落。

娘说,月亮中有一个女孩,名叫嫦娥。

我抬起头瞪大眼望着,可就是看不见。我问娘在哪儿啊,娘指着月亮里的黑影说那就是的。我使劲看,可还是看不见,但我仍相信有,因为这是娘说的啊,娘说有就一定有。我问娘,夜深了,嫦娥咋不回家啊。

娘说,她走远了,忘了回家的路。

我心中有一点小小的忧伤,为月亮中的那个女孩。一个寻不到回家路的人,是多么可怜,多么孤独啊。她不想家吗,她不想娘吗?一直到今天,月到中秋,望着那轮圆月的时候,我的心中仍有着一点淡淡的忧伤,为月中的那个女孩,虽然我知道,那只不过是娘的一个故事而已。

后来,我也渐行渐远,离开了故乡,离开了娘。

可是,我始终没有迷路,因为,我有娘在,有中秋在,有故土在,即使远行千里万里,也能找到回家的方向。

一双眼睛

爷爷说,那双眼睛又亮又大,一直望着自己。爷爷说,自己最后一次看到那双眼睛时,小叫化子已经死了,睡在那儿,一双大眼望着天空。天空啊,又高又远又蓝,上面飘着一朵朵白云。

爷爷说时,浑浊的泪水又一次流了出来。

他说,都怪自己啊。

他说,自己不该做那样的事啊。

爷爷的眼光又一次望着远处,仿佛又一次回到了几十年前,回到那个炮火硝烟的岁月。那时,一支红军队伍经过这儿,打了一仗,死了很多人,然后就撤走了。

然后,爷爷就出现了。

爷爷是个小叫化,肚子饿,就上街要了一点吃的。当时街上,保丁四处抓人,看见可疑的人绳子一绑扯了就走。爷爷要了两个冷蒸馍就跑了,跑到镇外一个草堆旁,听到一声轻微的呻吟。

爷爷眨巴一下眼睛,想了想,顺着声音找去,最终找到了小叫化。

小叫化睡在草窝里,已经昏迷了。

爷爷背着他,一直背到自己的家里,也就是一个寒窑里。

爷爷摸摸小叫化的额头,很烫手。

爷爷急了。他说,人在江湖,得有侠义心啊。

爷爷于是放下小叫化,扭头又一次去了镇上的徐家药铺。爷

爷给坐堂郎中说了病情,郎中开了药方捡了药。可爷爷没钱,爷爷一笑,拿了药,转身冲出药铺。药铺侧面就是一汪水,长着一片芦苇。爷爷"咚"的一声跳入水中,药铺伙计追出来,看见水上一件衣服飘啊飘的飘向远处。他们就一路喊叫着追下去。

爷爷在苇丛中,光着上身悄悄溜了。

爷爷讲到这儿,停了一下,长长地叹口气,因为一服药,要了一个人命。

我一惊,望着爷爷道,是毒药啊?

爷爷摇头说,是中药,药铺咋能卖毒药啊?爷爷将药拿回去,生了火用个破铁锅煎了,让小叫化喝下去。下午,小叫化就好了,很感激地一笑,露出一对虎牙。

爷爷很高兴,得意地说,费了一件破衣服。

小叫化问怎么了,爷爷就叽叽嘎嘎一说。小叫化不笑了,冷了脸道,你怎么能那样?骗人家的药。

爷爷火了,不那样怎么办?

小叫化说,你这是违反……说到这儿,小叫化不说了。许久,他抬头对爷爷一笑,说自己出去一下。说完,他站起来走出窑洞,消失在蝉鸣声中。谁知,小叫化一走,就再也没有回来。

爷爷急了,第二天去找,找到镇上,找到了小叫化的尸体。

我一怔,他怎么死了?

爷爷又一次流下了泪。他说,小叫化那天是去了镇上,找到药铺还了药钱,同时,也暴露了身份:这样的陌生人,弄了点中药还来还钱,这不是明显告诉别人自己是红军战士吗?保丁们得知消息围上来,小叫花没跑掉,被抓住,毡帽掉了,一头长发披下来,大家才知道她是个小女孩。保长审问她来的原因,她只说了一句话:"不拿群众一针一线。"

当天,她被枪毙。

爷爷看到她时,她躺在那儿,一双眼大大地睁着,望着天空。爷爷再也忍不住了,跑到镇外,跪着哇哇大哭,当天离开小镇,去了远方,去寻找红军队伍。

爷爷呜咽着说,几十年过去了,那双眼睛一直望着自己。

听了爷爷的故事,我也流下了泪。

我出去,给养老院的刘院长打了一个电话。不一会儿,他高高兴兴来了,问:"县长,养老院缺乏资金的事解决了?"

我点点头,拿出一张一百万的银行卡告诉他,这是本县房地产大老板周明捐献的。

刘院长走后,我给周老板打了电话,告诉他,一切按照规矩办。他急了:"县长,我那卡……"

我一笑,告诉他,那张卡已捐献给养老院。

断　臂

在山城,周三蛇羹,十分出名。

周三蛇羹,出自家传。当然,也加入个人独创,极具特色,声名传遍南北十三省。因此,来山城的人,找个店住下来,一壶茶后,无论如何要去周三小馆,尝尝蛇羹。尝罢,一抹嘴,满意地道:"不虚此行。"

周三蛇羹出众,首在选蛇上。

周三用蛇,只选一种——桑树根。桑树根,那可是毒性最强

的蛇。吃后,可补肾壮阳,化毒治病,活血生津。常吃周三蛇羹,身体倍棒!

周三用蛇奇,斩蛇更奇。

周三斩蛇,不是技术,是艺术。小城人爱艺术,什么事,都讲究自然流畅水流花落。周三斩蛇,手法行云流水,毫不拖泥带水。右手执刀,左手一闪,伸入布袋,捞出一条扭动的蛇,刀光一晃,蛇头划出条优美的弧线,远远飞开。周三眼皮也不动一下,左手一翻,扭动的蛇身,已挽在胳膊上,如麻绳一般。右手抓住蛇皮,一扯,"呼啦"一声,完美无缺拿在手上,像女人脱健美裤一样利索。

大家一见,连连赞道:"周胖子,好功夫。"

周三一笑,撇一下胖嘴,右手刀顺着左手臂的蛇身盘旋滑动,一条蛇一剖两半,手臂毫发无损,甚至没有白印。继而,刀尖一挑,一个东西,咚一声,划过空中,飞进旁边一个酒碗里。周三拿起酒碗,咕咚咕咚半碗酒下肚,那东西也囫囵吞下,"咕"的一声响。

那是蛇胆,蛇胆能解五毒。

蛇皮,可以卖钱。小城人买去,包了二胡,拉着"咯吱咯吱"响,很是那么回事。

蛇肉,当然做蛇羹。周三蛇羹,做法细致,一丝不苟:先把蛇肉上了笼屉,小火蒸熟,拿出,拉着蛇脊椎骨,轻轻一扯,一根骨刺扯出,没沾一星精肉。蛇肉白嫩如玉,用刀划丝,油炸,再蒸后取出,兑入高汤,放上香菇,还有葱花,小火慢煮。不用吃,远远一闻,人的哈喇子就流出来了。

因为这,周三成了小城名人。

也因为这,有人说,周三手里剁下的蛇头,至少能堆成一座小山。

久在河边站,哪有不湿脚的?周三也一样,一次,他一如往常,在布袋中扯出条蛇,刀光一闪,蛇头飞起。可是,那蛇头在空中,竟然一扭,又飞回来,直直落下,落在周三胳膊上,一口咬住,再不松开。

周三脸如死灰,扯下蛇头,转身飞奔着跑去找吴中医。吴中医看了说:"好悬啊,不是蛇胆解毒,死定了。"不过,反复劝告他,算了吧,别做这生意了,碰不好命都没了。

周三听了,也擦把汗,点着头。

回到店,几天后,他改行卖起豆浆来。至于蛇羹,提也不提。有人想吃,出再高的价,周三也摇着肥胖的脑袋,坚决不做。

大家无奈,摇头叹息,怏怏而去。

那年,皇帝东巡,来到山城,听到周三蛇羹,顿时唾液满嘴,让周三做来尝尝。周三摇头,自己已封刀多年,不做了。皇帝很不爽,后果很严重。

皇帝道,不砍蛇头,朕就砍你的头。说着,眼里白光跳跃。

周三脑门出汗,无奈答应,这次要七步红:蛇越毒,味越鲜!

蛇来了,周三接过,一手抓住,一手提刀欲砍。突然,七步红头一昂,咬在周三左胳膊上。

大家顿时傻住,都"啊"的一声。周三也"啊"了一声,左手迅即麻木起来。他一咬牙,一刀斩下,左胳膊落地,血如泉涌,大叫一声,晕倒在地。

皇帝一看,残疾了,做不成了,叹口气,悻悻离开。

以后,这道菜在山城绝迹。

潇 洒

金岳霖先生是讲哲学的,每次课堂上提问问题时,他都不看点名册,而是即兴找人。当然,这样的时候,让很多学生感到既兴奋,又紧张。

有一次讲课时,遇到个问题,他突然停住,笑着对大家道:"今天,我提的问题,专请穿红衣服的学生回答。"大家听了,一愣之后,男生们首先带头欢呼鼓掌起来。原来,当时西南联大的女生中,最时髦的装束,就是穿一条蓝阴士林旗袍,上面罩着一件红毛衣,素净热烈大方,很好看。金岳霖先生这样说,无疑表明,这次他要专门提问女生。女生们一听,也紧张兴奋起来,一个个脸蛋红扑扑的。因为,金岳霖先生讲课很生动,很吸引人,听的学生也很多,几乎挤满教室。他提问,如果回答正确,当然是很出风头的。既然是提问,也不可避免地会出现难以回答的问题,这当然很尴尬,好在,金岳霖先生提问之后,会怜香惜玉的,看情况不妙时,会从旁时时点拨,直到学生回答完毕,望着他,这时他总会很礼貌地点点头道:"yes,请坐。"

所有的人见了,都会长长地吁一口气。整个教室,响起一片掌声。

金岳霖先生的课堂很民主,老师提问学生,是家常便饭。同样的,学生提问老师,也是司空见惯的,有的学生甚至提一些匪夷所思的问题,让金岳霖先生张口结舌,回答不出来。其中有个华侨学生,名叫林国达,他私下里认为逻辑学很奇怪,很玄乎,因此,他操着一口福建方言,会经常询问金岳霖先生一些奇怪的问题,这些问题,有的竟然是闻所未闻的。金岳霖先生面对这样的提问,和所有人一样,睁着眼睛,一句话也答不出来。

下面,学生们会发出善意的笑声,整个课堂一片热闹。

有一次,正在讲课的时候,林国达再次举手,然后站起来,提出自己想出的一个问题。对于这个问题,金岳霖先生像过去一样,回答不出来。他想了想,得意地一笑,也提出个问题道:"林国达同学,我也提一个问题,请你回答:林国达垂直于黑板,请问是什么意思?"

林国达听了,站在那儿傻眼了,自己怎么可能垂直于黑板呢?他挠着脑袋,也嘿嘿地笑着回答不出来。

金岳霖先生得意地一笑,衣袖一挥道:"你回答不出我的问题,同样的,我也回答不出你的问题,我们俩扯平,不分胜负。"

大家听了,知道金岳霖先生是为了扳回面子而搞的恶作剧,都笑起来。

当时正值抗战,昆明虽说是大后方,可是物质生活仍然极度穷困,很多教授一件衣服穿在身上,几乎不换下来洗,如朱自清先生穿着马帮的毡袍,如一个独行侠一般;闻一多先生一件长袍不离身,成为标志性服装。金岳霖先生也一样,长期一件衣服,优哉游哉度日,不改名士潇洒气派。可是,时间长了,衣服里免不了生出寄生虫来,在身上咬着,痒痒的。一次,金岳霖先生正在讲课,讲到兴致勃勃时,突然停住话头不说了,将一只手伸进衣领里慢慢地摸着,嘴里不停地向学生们道歉:"对不起,我这里有个小动物。"说完,将手伸出来捏了捏,展开一看,是一只跳蚤,已经奄奄一息躺在金先生的手掌里。

所有同学见了，更是哄堂大笑。尤其女生们，一个个咯咯嘎嘎的，如一群喜鹊一般，给教室带来一片喜气。

金岳霖先生笑笑，没有丝毫的尴尬，继续讲起课来。

名师风采，不是装出来的，是面对贫困，丝毫没有气馁，也丝毫没有感到难堪。西南联大的教授是这样的，学生们也是这样的：这，才是文化人的一种贫贱不能移的本性。

国　骂

刘文典的国骂，在西南联大是很出名的，也很是让人头疼的。最典型的一次，是躲避日军飞机轰炸时，看见沈从文跑来，他竟然马上拦住道："我跑是替庄子跑。你跑什么？"言外之意，自己如被炸死，没人讲《庄子》了，言语之中很有一种天下英雄，讲《庄子》者舍我取谁的骄傲。

其实，在讲课时，他完全不是这样骄傲。不但不是这样骄傲，相反还很谦虚。

他对于古文化，几乎是广泛涉猎，当年就受到陈独秀、刘师培等人的赞赏，尤其对于《庄子》的研究，他更是首屈一指。可是在讲庄子时，他却非常谦虚，上堂开讲之前，一定要先说上一句："《庄子》嘿，我是不懂的喽，也没人懂。"以此告诫学生，学问是无边的，研究也是没有止境的，对于《庄子》如此，对于其他学问也是如此。

他爱发脾气，爱骂人，可是骂得最多的，倒不是和自己意见相左的人,更不是和自己关系不好的人,而是那些不负责任的校勘编辑,和不负责任的教授。有一次,他拿着一本书,放在同学们面前,指着校勘编辑数说一通,当然,也少不了自己的国骂。数落完毕,他才拍着书本告诉大家,这是自己的一个朋友校勘的一本书,赠送自己,说是让自己指教,这就是自己的指教,也是自己对他的建议。

大家听了,目瞪口呆,不知他为什么对朋友如此。事后,他才气愤地告诉大家,现在的一些搞校勘书籍的人,拿着工资,却一点儿也不负责任。原来,很多校勘者,在文中遇见一处疑难,或者别人不了解的东西,总会搜罗出这个问题的很多出处,在文中详细注明,说甲本怎么讲,乙本怎么讲,至于校勘者自己,根本不拿出观点。刘文典说,这叫什么校勘?一点儿不负责任。由此,他又引申到一些注解家,拿着一本书给读者注解,从来不动脑筋,人云亦云,标明甲如何说,乙如何说,从来没有个人见解,不敢告诉读者自己的看法。他唾沫四溅地拍着书本,面对学生仿佛在质问那些人一般说:"你怎么说?为什么不拿出来?拿不出来吧?"在他认为,这也是极端不负责任的做法。

当时的一些教授,在讲授古文时,为了省事,总是把古文发给学生,自己拿着有着注释的书籍走上课堂,摇头晃脑,给学生大讲特讲。刘文典十分反感,曾经在大众场合下,拦住一个教授,脸红脖子粗地指责:"你把注解发给学生!要不,你也拿一本白文(没注释的文字)去讲!"那种认真负责的态度,好像自己就是校长似的,让这个教授很是下不来台,一时满头大汗,尴尬不已。

在刘文典看来,作为老师,上堂就应当准备充分,应当拿着书本,随意讲来。照本宣科,毫不加入个人见解,是不需要老师的。

他曾经给学生讲解《文选》,半篇《海赋》,竟然讲了很长时间,单就一个"拟声法",就足足讲了很多节课,其中事例的列举,

不胜枚举,蔚为大观。由此可见,讲课之前,他准备得何等充分。

人人谈到刘文典,都说他爱骂人,却没有多少人知道,他的很多国骂中,掩藏着一种精神,一种西南联大教授的负责和担当精神,以及认真治学的精神。这,恰恰是现在文化人身上所最为缺少的。

桥　梁

黄权是刘备部下,很得刘备的信任。可是,有一次,两个人却闹翻了。至于原因,就是刘备决定出兵攻打东吴,因为东吴下黑手宰了刘备大将关羽。

刘备说,不让孙权这小子为他的卑鄙行为付出惨重的代价,自己会吃嘛嘛不香的。于是准备出兵报仇。黄权一听,忙跑来劝道,别这样,我们的对手是魏国啊。

刘备摇摇头,说,别劝,劝也白劝,我不会接受的。

见刘备气昏了头脑,一意孤行,听不进劝。黄权退而求其次,告诉他,东吴人强悍之极,很是善战,我们要攻打他们,必须顺流而下,胜了当然很好。可如果一旦战败,想退回来就不容易了。因此,他建议,刘备带兵在后观战,自己带兵向前,去试试火候。

刘备的头摇得拨浪鼓一般,拒绝了。

刘备说,要报仇,自己得亲自动手,这样才解气,才爽。至于黄权嘛,官封镇北将军,去防备魏军,千万别让魏军在软肋上给自己来一刀。布置完备,刘备带着大军,雄赳赳气昂昂地出发,向江南进军。进军的结果十分悲催,让东吴人一把大火,将他烧得灰头土脸的,大败而归。

刘备跑回来,一头扎进白帝城,卧床不起。黄权却惨了,他和他的军队让孙权的军队拦住了退路。唯一的途径就是投降,不过这可是个选择题:要么投降魏国,要么投降孙权。黄权毫不犹豫,带着大军举着白旗投降了魏国。

几天后,蜀国间谍将消息传入蜀国,蜀国大臣们一听炸开了,纷纷跑到刘备面前建议:"黄权投降魏国了,宰他全家。"

刘备气得一瞪眼睛,反驳道:"他不投降魏国,难道还投降孙权啊?"

"可,他背叛了我们啊!"那些人仍不服气,嘀咕道。

刘备长叹一声,挥挥手,告诉他们,好好对待黄权家小,至于俸禄嘛,仍一如黄权在这儿时供给他家。其中原因,用他的话说:"黄权对得起我,是我对不起他。"说完,想到黄权出兵前的劝谏,后悔得直扯自己的胡须。

当然,蜀国在魏国有间谍,魏国在蜀国也有间谍。这个卧底很马虎,听到风声就下雨,忙通过鸡毛信,把信息送到魏国:完了,刘备一生气,把黄将军全家给宰了,那简直是血流成河惨不忍睹啊。

鸡毛信送到魏文帝曹丕手中,曹丕拿着让黄权看,低沉着声音道:"我打算给你家小开个追悼会,以表示我沉痛的哀悼之情。"

黄权笑笑,忙劝道:"不用,我家小很安全。"

曹丕摇摆着情报,告诉他,真的,我的情报百分之百的准确哦。

黄权告诉曹丕,自己和刘备关系很铁,两人推心置腹互相信任,自己相信刘备,就如刘备相信自己一样,因此,自己的家小绝

对没事。魏文帝摇头不信,可是不信不行,几天后,新的情报再次送来,告诉他,前一次情报有误,黄权全家现在很平安。至于血流成河等等,是虚夸之词。

魏文帝尴尬地笑笑,魏国大臣们也哑口无言。

那段时间,对蜀国而言,确实是多事之秋。刘备败后,气得呼呼的,不久就死了。魏国人一听,哇,老对手死了,真好!于是,一个个满脸阳光,载歌载舞。魏文帝也乐得嘎嘎的,准备搞一次庆祝大会了。可是,商量这事时,黄权却迟迟不来,一催再催三催,来了后,黄权满脸悲戚,不胜悲哀。

魏国君臣面面相觑,他们第一次真正见识了什么是互信,感动之余,自动取消这次庆祝活动。

互信是一道通往灵魂的桥梁,它不会因时间,不会因境遇的改变而改变,也不会因谣言的出现而变质。

世界多些互信,人间多些温情。

拯救老妈

他特别烦老妈,一会儿敲门进来,让他吃饭;一会儿又拿一件衣服,给他轻轻披在肩上。他屡次受到影响,气坏了,一白眼睛说:"老妈,你不能安静一会儿吗?"

老妈拿着一盘水果,长叹一声,张张嘴,想说什么,又没有说,无声地走了出去,轻轻地关上门。

他安下心来,又进入了新的战斗中。

这是一款新开发的游戏,叫作《拯救母亲》,大概是从一个古老神话《沉香救母》中衍生出来的。老妈被捉,压在一座名叫"千仞不倒山"的大山下,受尽折磨和苦难。作为儿子,必须去救老妈。他披盔戴甲,手里拿着一把威力无穷的降魔刀,亮光闪闪,一路冲杀过去。路上,有雷神,有雨神,有二郎神,甚至还有齐天大圣拿着金箍棒赶来拦阻。

他用尽全力,可是,沿路总有杀不尽的妖魔鬼怪,打不完的各路神仙。

他有些心焦火燎,一头汗珠。可又沉浸其中,难以自拔。

他打到深夜,实在受不了,就会趴在桌上,打上一个哈欠。天亮了,他揉一下眼睛,接着开始。饿了的时候,手一伸,旁边放着吃的东西,是老妈悄悄送来的。老妈每次来,站在他身边望一会儿,想说什么,怕他生气,又没有说,轻轻地走了出去。

他拿过东西,三两口吞咽下去,接着又开始了游戏。

渐渐地,他感到,老妈没再来啰唆了。

屋子里静静的,甚至没有了老妈的一丝声音。

老妈已经出去了。当时是他闯关最紧张的时候,隐隐约约中,他听到老妈一声叹息。然后,门响了,又轻轻关上了。

太阳光照在窗户上,亮亮的,如一片温馨的水光;然后又移到椅子上,接着又慢慢移到脚下。天,再次黑了,他感到有些饿了,甚至能听到肚子里"咕咕"地叫着。他本能地伸伸手,去拿旁边的食物吃,可是旁边空的,什么也没有。

他的手机此时响起来,他没工夫接,继续忙着。

手机响个不停,真讨厌。他想,将手伸进兜里,关了手机。

费尽九牛二虎之力,他终于打败了二郎神,接着又打败骑着风火轮冲来的哪吒,让他提着他的火尖枪,逃回姥姥家去了。最

后,他腾云驾雾,极尽变化,与斗战圣佛大战一千回合,两个人惺惺相惜,结成生死之交,相偕飞向千仞不倒山。站在山顶,他大喊一声:"老妈,我来救你了。"随着喊声,一刀剁下去,神山被缓缓剖开,老妈从山中缓缓走出。

他和老妈相拥,泪如雨下。

他胜利了,伸伸腰,走出游戏。

天,已经彻底黑了。他感到一种前所未有过的荣耀,同时也有一种虚脱,一种彻心彻肺的饥饿。他终于想起老妈,大声喊道:"妈,妈——"没人答应,屋内是一片怕人的空寂,还有浮荡周身的孤独。

他猛地想起,老妈出去两天多了,怎么还不回来,甚至也不来个电话?

他转了两圈,突然一拍昏沉沉的脑袋,忙打开关了的手机,叩响了老妈的号码。手机响了一会儿,那边通了,他问:"妈,你在哪儿?"

那边,是一个陌生的声音,告诉他,这是医院,赶快来。

他一惊,愣了一会儿,然后疯了一样向医院跑去。赶到地方,在走廊里,他看到,几个护士,用一张白床单包裹着一个刚刚停止呼吸的女病人,向外缓缓推去。那人,正是他的老妈,患急性病死去的老妈。

他睁着眼睛站在那儿,耳边一片空静。

手机突然又响了,一个声音问:"有人给你订了份外卖,请问,你在家吗?现在可以送来吗?"

他的泪一涌而出,扑过去喊道:"妈,别离开我。"

他知道,那份外卖,一定是老妈临终前担心他没吃饭,在病床上给他订下的。那时,当老妈挣扎在死亡线上时,他正在网上,竭力拯救着那位虚幻的老妈。